谢谢你
XIEXIE NI CENGJING AI GUO WO
曾经爱过我

梁欢欢 著

图书在版编目（CIP）数据

谢谢你曾经爱过我/梁欢欢著.－－呼和浩特：远方出版社，2021.4
ISBN 978-7-5555-1382-7

Ⅰ.①谢… Ⅱ.①梁… Ⅲ.①长篇小说－中国－当代 Ⅳ.①I247.5

中国版本图书馆CIP数据核字(2021)第049298号

谢谢你曾经爱过我
XIEXIE NI CENGJING AI GUO WO

著　　者	梁欢欢
责任编辑	云高娃　敖尔格勒玛
责任校对	云高娃　敖尔格勒玛
封面设计	鸿儒文轩
出版发行	远方出版社
社　　址	呼和浩特市乌兰察布东路666号　邮编010010
电　　话	（0471）2236473总编室　2236460发行部
经　　销	新华书店
印　　刷	三河市华东印刷有限公司
开　　本	155mm×225mm　1/16
字　　数	184千
印　　张	15.75
版　　次	2021年4月第1版
印　　次	2021年6月第1次印刷
标准书号	ISBN 978-7-5555-1382-7
定　　价	45.00元

如发现印装质量问题，请与出版社联系调换

目录

一　今天我生日 / 001

二　真的要去北京吗？/ 005

三　以为自己有多了不起 / 011

四　余温都是热的 / 017

五　你连文字编辑都不及格 / 025

六　谁都不是谁的谁 / 031

七　有能力的人都应该被抢 / 037

八　乱一阵子就好了 / 043

九　有房有车有什么了不起 / 049

十　凭什么说我不行？/ 059

十一　输什么也不能输掉梦想 / 071

十二　细水长流，水到渠成才是爱情 / 079

十三　江湖就有江湖的规矩 / 085

十四	出版行业越来越难做？ / 091
十五	这世界还是好人居多 / 097
十六	我希望浪漫的限期是永远 / 105
十七	愤怒不是解决问题的办法 / 113
十八	哪有什么技术？全凭经验 / 119
十九	有些过往是让人羡慕的 / 125
二十	你以为我是傻瓜，那你就傻了 / 129
二十一	做作家并不影响当编辑 / 137
二十二	我不是贱，是珍惜 / 153
二十三	有能力爱自己，用余力爱别人 / 161
二十四	爱情很好，友情也很重要 / 183
二十五	你很好，我也不差 / 195
二十六	变化即人生 / 201
二十七	沿途风景很美 / 209
二十八	旅行并没有想象中的浪漫 / 219
二十九	祝你前程似锦 / 231
三十	谢谢你曾经爱过我 / 239

一　今天我生日

周芷康在生日的前一天就跟杜一说了明天生日，杜一说："那明天中午十二点外滩午饭吧？"

"好，不过午饭会不会显得没有仪式感？"

杜一迟疑："明天晚上我有一个发布会。"

周芷康说："那明天见。"

外滩的风很大，原来不知不觉已经到了秋天，周芷康穿着一条裙子，脖子上围着一条丝巾，在去的路上没算好时间，下地铁的时候已经十二点了，她掏出电话打给杜一："对不起，我迟到了，马上就到。"说完她有点儿气喘吁吁。

杜一说："不急，我也是刚到。"

印象中杜一好像从来没有迟到过，挂了电话，周芷康抱着新买的包包往前冲，就好像抢了别人的包一样没命地跑。

还没到，远远就可以看见杜一悠闲地坐在露天茶座，她放慢脚步，调整一下呼吸，撩一下头发，整理好衣裙，才优雅地走过去。

站在杜一面前，她微笑着打招呼："嗨，好久不见。"

"最近一直在忙，昨天十点才从浦东回来，先坐下来，要喝点儿什么？"

周芷康边坐下来说："容我想想，你点了什么？"

"冻柠茶，你还是不要喝冻的吧？给你来一杯热可可怎样？"

"好啊。"有人做主最好了，谁要没事在一杯饮料上面浪费时间，谁就跟自己过不去。

热可可还没到，生日蛋糕先到了，杜一说，"先吃甜品？"

"都可以。"

杜一帮忙把蜡烛点上，然后说："先许个愿。"

周芷康闭上眼，再睁开眼的时候说："希望世界和平。"

杜一宠溺地笑了笑:"不算,再许一个。"

"其实有一个愿望没说出来,他们说许愿的时候说出来愿望就不灵了。"周芷康头一歪,微笑着说。

杜一哈哈大笑起来:"你啊,调皮。"

吃蛋糕的时候周芷康吃了很多,杜一看着她问:"吃那么多你不怕胖?"

"开心就会忍不住吃很多,胖的话再去减肥好了。"

杜一想了想,又说:"你知道你最招人喜欢的是什么吗?"

她茫然地摇摇头,舔了一下嘴角的奶油,说:"不知道。"

杜一引导她:"想不想知道?"

她点头:"想。"

"你率真可爱又诚实,跟你一起真的很舒服,你从不问为什么,但又知道自己应该怎么做,这样会让人很安心,我想这也是我跟你在一起那么久的原因,你让我想到美好。"

"我都快三十岁了,我以为你会嫌弃我都奔三了还像小女孩一样,一颗糖一块蛋糕就会开心很久,一点儿都没有三十岁的样子。"

"其实这样挺好的,你不需要急着长大,在我面前,你尽管做你自己就好。"杜一诚恳地说。

周芷康听他这么说就放心了,巴巴地看着眼前的蛋糕问:"我可以再吃一块吗?"

他虽然宠她,但凡事都不能太过分,尤其是在吃上面,所以他说:"待会儿还要吃午饭的。"

周芷康表面柔弱,但偶尔会任性与放飞自我,她不懂得怎么去表达一些情绪,比如开心或不开心,她有点儿压抑,又有点儿纠结，总的来说她乖巧懂事，聪明又能扛事。

吃饭的时候，杜一看着她顿生怜悯，他也不知道为什么会有这种情绪，他夹了很多菜给她，不停地叫她吃多点，他说："你太瘦了，吃多点。"

她解释："现在流行减肥，不过也有可能是我怎么吃都不会胖。"

他又问："最近怎样？"

她说："不太好，在一个出版公司做版权，说得好听是编辑，说得不好听就是个版权中介，我想做真正的编辑。"

他沉吟了一下，说："那你有什么计划吗？"

她放下筷子，喝了一口热可可后试探着问："是不是我想进哪个公司你都有办法？"

"我尽力吧，今天你生日，你说了算。"

她忽然眼眶一红，从小到大从来没有人对她这么好，一直以来她都是一个人风里来雨里去，如今突然有人对她这么好，她有点儿不太适应，她想说不去了，但她又必须独立自强，她想闯出属于自己的一片天地，她说："如果能进安唐出版集团也是很不错的。"

在出版界半年，对出版社已经了如指掌，安唐出版集团已经是上市公司，凭她一个可以说毫无出版经验的编辑来说，不走后门根本不可能进去，她这么说是希望他可以开金口，助自己一臂之力，当然，她也是在试探他的态度。

他立马拿起桌上的手机，打了个电话，挂电话后他说："我已经跟那边的猫哥说过了，你到了北京直接找他，他电话你记一下。"

二 真的要去北京吗？

这天外滩的风很大,周芷康用手拉了拉围在脖子上的丝巾,她眼里对杜一充满感激。

杜一问:"真的要去北京吗?"

"我想不到有什么理由不去。"

杜一欲言又止,他想说:我算不算理由。可是并没有将这句话说出来,他微笑着看着她:"到了那边有什么事都可以打电话给我,虽然可能帮不上什么忙,但我尽力。"

她低头:"我知道。"

"我们公司很快就会跟电信合作,也会朝着上市去发展,到时如果外面风大雨大,你可以考虑到我公司发展。"杜一担心她吃不了苦,北京不是谁都能待得住的,天气与环境就是一个很严峻的问题,周芷康怎么看都是温室小花。

没想到她坐直了身体,挺了挺胸脯说:"没事,我希望凭自己的实力去闯出一番新天地。"

他不想说那些扫兴的话,拿出手机低头一阵操作,然后抬头:"刚刚给你转了一万元钱,到了那边先把工作定下来,在公司附近找房子,节省上下班的时间。"

她乖巧地应着:"好。"

过一会儿,她又说:"你知道吗?你是除了我爸,第二个给我钱的男人。"说完,她低头猛吸一口热可可,掩饰那即将夺眶而出的泪水。

"记住,不是谁都像我一样的。"

"啊?"

杜一叹了一口气:"我的意思是,以后在北京,不要那么快把心交出来,你是去工作,不是去交朋友的。"

上海这座城市很冷漠,你跟别人交心,人家只会想着你有什么利益或利用价值，周芷康是见识过的，当你没有利用价值的时候，他们就会对你保持距离，靠近一步都不行。

那种从天堂跌到地狱的感觉让人瞬间长大，人人目中无人，鸡毛蒜皮的小事都可以斤斤计较，与同事吃个快餐，快餐的钱都要算得清清楚楚，给少五毛钱都不行。

也许这就是人性吧。

周芷康知道他是担心自己，她突然感到胸口一热，眼眶一红，随即转过身去擦试夺眶而出的眼泪，杜一想说点儿什么，她头没扭过来，另一只手一伸："我没事，风太大，沙迷了眼睛。"

杜一叹了一口气："机票订了吗？"

"还没。"

"打算什么时候走？"

"辞职，退房，整理杂物等，估计要一周后再走吧。"

"身份证给我发一下。"

"啊？"

"帮你定下周六的飞机到北京。"

周芷康听到他这么说，已经不只是受宠若惊了，而是觉得，这辈子被宠过也就不枉此生了，她弱弱地说："我可以自己订机票的。"

杜一温和地笑了笑："不用跟我客气的，身份证号码发过来吧，举手之劳。"

她拿出手机，在上面按出一串数字，然后给他发过去，她说："谢谢你，杜一。"

"傻丫头。"

一句傻丫头让周芷康的脸都红了。

如果有人宠,世界还是很美好的,总比放眼过去,方圆十里没一个让人看得舒心的好,周芷康知道自己是个幸运儿,可是正因为很多东西得来毫不费劲,她一直不知道自己的能力到底如何,这次,她想靠着自己的努力试一试,来证明自己并不是一无是处。

她见过很多人,绝不是因为交心而得来的友谊,而是因为对方的素质与教养让自己对他们刮目相看。

就好像一开始别人对自己好,是因为自己足够优秀,其实恰恰相反,别人对自己好只不过是体现出对方有教养的一面。

她与杜一在外滩边上的咖啡店坐到天黑,她舍不得走,可是杜一说:"走,带你去一个地方吃饭。"

她问:"去哪?"

"你猜。"杜一为了调节临别时的沉重气氛,忍不住调皮起来。

她却并没有接招:"我没胃口。"

像有什么堵在胸口一样,让她感到喘不过气来,听她这么一说,气氛又凝重起来。

杜一安慰她:"又不是走了不回来,别垂头丧气的,天还没塌下来呢。"

见他这样子,她突然想说不走了,可话到嘴边她又咽了下去,勉强笑了笑,说:"走吧,这顿饭我要吃穷你。"

杜一哈哈一笑:"你能吃穷我再说吧。"

她仰头,挽着杜一的手臂走出去,外面早已灯火通明,像白天一样,把路两旁都照得亮亮的,上海市中心,外滩热闹非凡,大多数都是来旅游观光的,真正的上海人反而很少来这里晃荡。

璀璨的东方明珠塔就在前面，变换着不同颜色的灯光，梦幻得像是假的一样，周芷康以前没有方向感，后来遇到杜一，他告诉她，迷路的时候除了可以问人，还可以打开手机APP去查地图，跟着地图走准没错。

一直是杜一牵着她的手往前走，如今，她想离开，她要独立，但她明显感受到杜一的担忧与难过。

她想说点儿什么去安慰他，却一句话都说不出来，紧要关头，她词穷了。

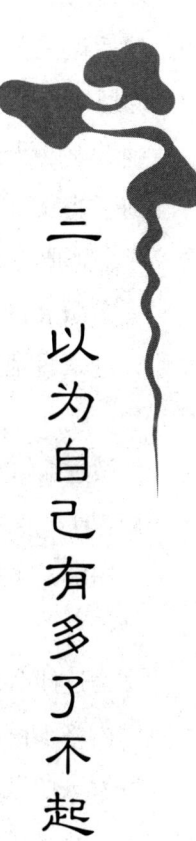

三　以为自己有多了不起

明明杜一已经帮周芷康搭好了线，只要她到了北京，联系猫哥就可以顺利通过面试，可是她不信邪，她自己偷偷投了简历，然后让一名编辑帮她把简历给公司人事部，很快她接到人事部的通知。

她以为自己表现良好，虚心好学，应该问题不大。

到了北京后，行李都没放下便直奔某公司，前台把她引到会议室，她把背包一放，安静地等着人事部的人来面试。

一名微胖的中年妇女踩着高跟鞋进来了，手上拿着一叠文件，进来后她关上会议室的门，在周芷康对面的椅子上坐下来。

"做过编辑吗？"

周芷康回答："没有。"

"出版过作品吗？"

"没有。"

"写过什么东西吗？"

"网络小说。"

胖女人脸色微微一变，双手交叉放在会议桌上，正经地跟她说："这么说吧，我们公司今年会上市，一个成熟的公司是不会考虑新人的，希望你能理解。"

周芷康捏住矿泉水瓶子的双手一用力，瓶子发出"啪"的一声。

她走出写字楼，低头给那位编辑发了一条信息："估计没戏了。"

编辑回她一条信息："公司附近有家麦当劳，你在那里坐一下，我很快下班。"

周芷康站在车水马龙的十字路口，对面就是麦当劳了，她还没走过去电话就响了。

杜一问:"面试好了吗?"

"刚出来。"她声音微小,眼睛看着前方,红灯转绿,她随着人群走到对面。

"怎样?一切顺利吗?"

"那个,还好吧。"周芷康支支吾吾的。

"你等一下,我有个电话,晚点儿再回你。"

过一会儿,杜一的电话又来了,周芷康直觉这电话不能接,但还是在它准备挂断的时候接了:"喂?"

杜一单刀直入地问:"你怎么没找猫哥?"

"我找了他们部门的一个编辑,他帮我递的简历。"

"你知道如果是猫哥跟人事说是什么结果吗?"

周芷康紧紧捏住电话,小心翼翼地问:"是什么结果?"

"明天直接上班的结果。"

杜一叹了一口气:"为什么你不听?"

周芷康明显听到他语气中的不爽,她说:"我想试试凭自己的能力进去这公司。"

"机会只有一次,你没把握好。"

"对不起。"

"你没对不起我,猫哥会帮你的,你跟他保持联系。"

这次周芷康不敢再不听话了,她应道:"好,一定会保持联系的,我现在就给他打电话。"

电话接通,猫哥说:"杜总都跟我说了,不过没关系,我介绍你到星徽集团上班也是一样的,我六点下班,晚上我来接你吃饭洗尘。"

"太客气了,猫哥。"

"没关系,杜总就是我朋友,你等我。"猫哥诚恳地说。

挂了电话,周芷康连忙打电话给那个编辑:"今天真不好意思,我有朋友来找我,我们改天再约吧。"

编辑问:"你住哪?"

"先住酒店,找到工作就在公司附近找房子。"

"真不好意思,没想到帮不到你。"

"别说这些,你肯帮我,我已经很开心了。"

挂了电话,看着玻璃窗外人来人往,很快,天就黑了,北京的冬天十分干冷,天黑得比较早,还没到六点,天色渐暗,路人脚步匆匆,都往家里赶。

周芷康在北京没家,她甚至不知道自己今晚会住在哪里。

喝完一瓶矿泉水,她还是感到口渴,看了看时间,猫哥还有半个小时就下班了,她应该不会在这半个小时就被渴死吧?

左等右等,等来猫哥一个电话:"芷康啊,真不好意思,下班我们领导要开会,要不我叫人送你到酒店休息?"

周芷康说:"不用麻烦了,我一个人可以的,你去忙。"

"真的可以吗?"

"真的可以。"

挂了电话,外面的天已经全黑了,周芷康想了想,还是联系了一个在上海来北京之前联系过的女编辑,她刚好下班,然后跟周芷康说:"你坐6路车转地铁到我这里来,我带你去吃好吃的。"

"会不会麻烦到你?"

"其实你不问我,我也刚好忙完,准备打电话给你的,还有啊,酒店你找好了吗?"

周芷康小声地说:"还没。"

"这样吧，我帮你找个短租房，你先住着，比住酒店划算，里面不比酒店差，主要是方便你出去找工作，找到工作再搬到公司附近也是挺方便的。"

"好，听你的。"

周芷康没别的，就是懂事听话，唯一一次忤逆是对杜一的安排，她以为凭自己的能力也可以进那家公司，没想到出师不利，这是血一般的教训啊，有人给你安排不好吗？当然是好的，如果有人照顾，谁要想明天吃什么、今天要干吗、面试不过关会怎样。

有时走后门不是说自己能力不行，而是方式不对，谁都不是一开始就会工作的，要不然也不会有那么多实习生了。

愿意学很容易就可以学会，并且谦虚本身就是一种正确的学习态度，大不了工资开低一点儿，你愿意做就好。

周芷康当然明白为什么一些成熟公司要招一些有工作经验的人，因为有经验说明可以独立工作，少了让人培训的环节，这么一来其实还是回到节约成本上面来，一个公司，能顺利运营下去，节约成本，缩减开支是很重要的。

周芷康坐在公交车上，看着拥挤的人群，感叹一声：或许这就是命吧。

四 余温都是热的

见到小雨的时候都快晚上七点了，小雨看了一下她的行李："一个箱子，一台电脑？"

周芷康点点头："嗯。"

"随便吃点什么，吃完我带你到住的地方。"

"好，谢谢你，小雨。"

小雨一摆手："咱们什么关系，认识都快十年了，你的事我都知道，不用说太多的。"

席间她们俩喝了一瓶啤酒，边喝，周芷康边说："我天秤座，其实挺纠结犹豫的，很多次我都在想，如果他留我，我会留在上海吧，但他没有。"

小雨举了举手中的酒："也许他也想你独立，你喜欢做的事他都支持，不挺好的吗？"

周芷康点点头，喝得有点儿多，舌头有些打结地说："有时候又想如果不是他，我早就回家了，在外面漂泊真不是个办法，你知道，我从小就缺乏安全感。"

小雨劝说："别想那么多，今朝有酒今朝醉，我觉得你挺厉害的，换了我，我可能都不行，你至少有勇气走出去，去探索世界需要很多勇气的好吧，我都没有。"

周芷康低头："我也只能胸口挂个勇字就往前冲了，要不然回去？不不不，回去不是我想要的生活，如果回去，当初我就不会选择出来了，现在更不应该半途而废。"

"所以啊，既然选择了就不要后悔。"

"你说得对，今朝有酒今朝醉，明天有事明天结。"把碗里的鱼肉吃了，又用勺子捞盆子里的酸菜鱼。

吃完饭，小雨拉着行李带着周芷康坐上一辆公交车，快到站的时候周芷康睡着了，她折腾了一天，又吃了饭，喝了酒，知道小雨就在身边，一放松就睡了。

小雨轻轻摇着她："芷康，到了，下车。"

周芷康揉了揉双眼，睡眼惺忪地问："到了？"

"到了，你拎着包和电脑跟在我后面，我帮你拿行李箱。"

下了车，抬头一看，四周显得十分荒凉，路灯昏暗，周边都围起来施工，小雨领着她一路往小巷子里穿，大概走了三十分钟才到头，后来周芷康才知道那是北京的胡同，走到里面是一个半新不旧的小区，小雨给对方打了个电话，没多久有个男人从小区出来："不好意思，让你久等了。"然后绅士地拿起放在一旁的行李箱，走在前面带路。

"走，进去吧。"小雨顺手接过周芷康的电脑包，"电脑还挺重的。"

周芷康笑了笑："嗯，拿来写稿子用的。"

小雨撇她一眼："杜一送的？"

周芷康一愣："你怎么知道？"

"女孩的电脑应该会轻一点儿吧。"顿了顿，她又说，"他对你真的很不错。"

不知道为什么，周芷康心中涌起一股甜甜的味道，她说："是的，来之前他还给了我一万块钱。"

"真的很不错，好好表现，把这一万元还给他。"

周芷康没理她，自顾自地说下去："也许他是担心我流落街头吧。"

小雨认真想了想："如果没有他，估计你真的会流落街头，这里的房租都是押一付三的，如果租到市区，两千多一个单间，算下来也就一万元差不多了。"

"所以，真的很不容易啊。"

前面那个大哥走到一楼某门前，掏出钥匙，旋开门锁，里面灯亮着，一个女人迎出来："来了啊，欢迎。"

大哥介绍："我老婆。"

"你好，这边是你的房间。"女人往前走着，热情地介绍道。

里面一共三个房间，中间是客厅，左手边有两个房间，其中是一个主人房，另一个，看得出来是用阳台搭建的，女人带她到小房间把行李放下，再从衣柜拿出床单与被子，她说："都洗干净消毒了，放心用。"

周芷康轻轻闻了一下，空气中果然有股消毒水的味道。

小雨在外面客厅厨房洗手间转了一圈，回来跟她说："环境还挺不错的，先住着吧，找到工作再搬。"

周芷康悄悄地问："多少钱？"

"四百一周，已经给过钱了。"

"啊，好像挺便宜的啊。"

小雨点点头："嗯，就是离市区有点儿远，你以后就知道了。"

"谢谢你。"周芷康由衷地说。

"你自己小心点儿，我要走了，赶最后一趟公交车。"

"那你路上小心，到了给我发信息。"

"好。"小雨风风火火地走了。

小雨赶上最后一趟公交车，打电话给杜一："已经安排好了，她住在我朋友开的短租房内，很安全，放心。"

"拜托你了。"

"其实你不说我也会照顾她。"小雨跟周芷康很久之前就已经认识,朋友嘛,适当的时候拉一把是应该的。

杜一悬着的心稍稍放下了:"总之,以后需要麻烦你的地方还多着呢。"

小雨说:"她很坚强勇敢。"

"我知道。"

挂掉电话,小雨看着外面橘黄的路灯陷入了沉思:也许有关心自己的人真的会不一样,她替周芷康感到高兴。

外面不知道什么时候飘起了小雨,淅淅沥沥的,衬着橘黄的灯光别有一番情调。

出版界这一行水太深了,而且出版行业被电子书冲击,明显已经在走下坡路,周芷康却不计后果的千方百计要挤进来,那么,就祝她好运吧。

周芷康一觉醒来,拉开窗帘,打开窗户往外一看,外面矮树丛的草地上铺着一层白白的雪,冰冷的空气瞬间窜入房间内,周芷康兴奋地趴在窗边,过了好一会儿才想起拍照,然后把照片发给杜一:昨夜下雪了,好美。

杜一回:注意添加衣服,不要光顾着好看。

她撇了撇嘴,回复:你好像什么都知道。

杜一:北京天气比较干燥,喝多点儿水。

周芷康:好哒,你也是,保重身体。

跳下床,换好衣服,打开电脑登上QQ,然后坐在床上完善求职简历,正忙着,QQ头像闪烁,点开一看,是猫哥,他说:"你把这个号加一下,我跟她说过你的情况,她那边缺编辑,你可以试一下。"

周芷康:"好的,谢谢猫哥。"

猫哥:"不客气,应该的。"

陈丽坐在露天的咖啡馆，前面放着一杯摩卡与一台手提电脑，对面坐着一个穿着白衬衣，笑起来很温和的女孩。

陈丽生气地把手机放在桌子上，用力喝了一口咖啡。

对面的女孩问："怎么了？谁惹到你了？"

陈丽深呼吸一口气，平复了一下情绪后说："你说都是什么人，平日里不关心关心我就算了，我给他发信息不回，打电话不接，这日子还怎么过？"

"你老公？"

"要不然还有谁？为了工作跑到外地，一年有三百天是不在家的，家里里里外外都是我在管，以为供个房就了不起了，谁要过这种守活寡的生活谁过去啊，真心看不起这种男人。"

女孩想了想，说："不接电话不回信息这种态度还是真的很恶劣的，他怎么想的？"

陈丽耸肩摊手："就是不知道他怎么想的才生气，你说要离吧，干脆一点，安排好就行了，问他不回复，打电话也不接，如果不是看到他同事发他们的工作日常照出来，我都怀疑他是否还活着。"

"你这也太夸张了，他可能真的工作很忙，多给他点儿时间，他没结过婚，结婚也要有个适应的过程吧。"

"小倩，不是我说你，你这么温柔大度真的不是办法啊，还记得你前任吗？什么事都跟你算得清清楚楚的，就连房租都要一人一半，到最后不是还分手了吗？说到底，一个男人心里有你的话会舍得给你花钱，而且不会跟你计较的。"

小倩沉默了，过一会儿，她说："也不是，我觉得爱一个人是不应该计较付出与收获的。"

陈丽倾了一下身子，一脸不屑地道："我不否认你的说法，但我得负责任地告诉你，所谓爱别人的前提都是得先爱自己，要不然你会发现自己给多了，导致不平衡，自然就会跟对方计较，所有感情一旦计较就失了情分，就会想着结束，其实感情哪有那么脆弱？都是一个人瞎想琢磨出来的。"

小倩想了想，问："那你打算怎么办？守活寡啊？"

"他不仁，我不能不义啊。"

"那也不是办法啊。"

"我可以等，他没说结束，只是按了暂停键而已。"

下午的夕阳照在咖啡馆外面，给所有东西都镀上了一层金黄色，生活美好而简单，陈丽把最后一滴咖啡喝完，收拾东西站起来："回去吧，明天我有一个面试。"

小倩点头："别想那么多，感情是最不讲理的，你如果还爱他，就给他点儿时间吧。"

陈丽："我给时间他，他可不会给我时间，不过我也不是等着再嫁，这种事顺其自然吧，不着急。"

"是啊，有很多人羡慕你，别人一辈子都在为房子车子烦恼，你什么都有，就不该再给自己添麻烦，为感情烦恼了。"

陈丽迎着夕阳，闭眼睛想了想："谁说过的？爱情是极奢侈的一件事。"

"你那么优秀，漂亮、优雅、得体，尤其是聪明，懂进退，知得失，这些都是难能可贵的，不应该在爱情里沉沦。"

陈丽笑了："我努力做得更好。"

"这真不是夸你，我说的全都是事实。"小倩解释了一下。

陈丽扬了扬头："我知道，在你眼里我全身上下都是优点，如果你是男人，你都会娶我回家对不对？"

小倩点点头："那肯定，你一直是我学习的榜样。"

陈丽想了想，最后说："那是因为你爱我。"

五 你连文字编辑都不及格

周芷康在短租房内写简历,突然闻到一股中药味,她打开房间门往外一看,客厅开着灯,住在客厅上下铺的母女俩都在,她问:"阿姨回来了啊?"

年纪大一点的女人说:"小姑娘,还在找工作啊?"

周芷康点头,干脆把房间门都打开,说:"是啊,努力一点吧,我想应该很快就会找到工作了。"

母女俩是从甘肃来北京看病的,女儿患了一种罕见的病,来北京寻找名医治疗,母亲全程陪同,每天都尽心尽力去照顾孩子,有时候炖汤会故意炖多一点儿,分一碗给周芷康喝,周芷康感激不尽:"谢谢阿姨。"

阿姨说:"出门在外,互相照应是应该的,快喝吧,孩子。"

"不知道妹妹的病,医生怎么说?"

阿姨略显疲惫苍白的脸牵强笑了笑,说:"坚持调理就没什么事的,谢谢姑娘关心。"

"有缘相识也是一种缘分。"周芷康低头喝汤。

阿姨的女儿始终没有说一句话,吃完饭她就抱着平板电脑看电视,周芷康说要帮忙洗碗,阿姨说:"不用,姑娘别客气,多了一个碗而已嘛,你不吃,我们自己也要烧饭吃的。"

厨房不到十平方米,被阿姨收拾得干干净净,让周芷康感到惭愧。

她这几天住在这里,一有机会就到外面去面试,跑了很多公司,都是因为没有工作经验而导致面试失败。

她想,再给自己一周的时间吧,如果再找不到合适的工作就打道回府。

回到自己的小屋，打开的电脑上弹出QQ好友信息，她点开一看，原来是猫哥给她发来的信息："这个号是我朋友的QQ，你加一下，你的情况我已经跟她说过了，她那边需要一个助理加编辑，我觉得挺适合你的。"

她回："谢谢猫哥，刚刚吃饭去了，才看到信息。"

猫哥："没事，先加上，你们聊，她在一个很不错的集团公司做部门经理。"

她回："好的。"

猫哥："要对自己有信心。"

她回："嗯嗯，杜一也是这么跟我说的。"

加上陈丽的QQ后，周芷康简单介绍了一下自己，陈丽说："你现在过来我们公司面试一下吧。"

周芷康回："好的，我现在就出门，大概四十分钟左右到，谢谢陈老师。"

陈丽："不客气，我在办公室等你。"

第一次见到陈丽的时候，她把长发梳成两个麻花辫，戴着金丝边眼镜，皮肤白净，笑起来露出洁白的门牙，看起来人畜无害的样子。

办公室有点儿凌乱，新出的书就堆放在她的办公桌上，陈丽招呼周芷康坐下来，然后自己坐在对面。

陈丽问："很喜欢做书？"

周芷康点头："很喜欢。"

"我看了你的简历，之前是做出版商中介的？我这么说你别太介意。"

周芷康有点儿尴尬，勉强笑了笑，说："是的，算不上编辑，就是找到作者，把作者的稿子再交给出版社，与出版社保持合作关系的第三方，没有真正出版过属于自己的一本书，算不上编辑。"

陈丽依然笑眯眯地说："这么说吧，你是有作者资源与出版社资源？"

听她这么说，周芷康瞬间感到自信满满，她点点头，说："是的。"

"我可以理解为，你连一个文字编辑都不如吗？"

周芷康听了这话，脸上虽然还保持着得体的微笑，但心里真的不是滋味，她告诉自己要忍耐，陈丽说的是实话，平时自己打字就经常有错别字出现，不需要把这句话记在心上，但要警告自己进步的空间还是挺大的。

尴尬的沉默过后，她说："我愿意静下心去学习，请陈老师给我一个机会。"

陈丽坦白地说："这么跟你说吧，我需要一个助理，之前的助理生孩子，回去休产假了，你愿意留下来做助理的工作，同时兼职做策划编辑吗？"

周芷康知道这是一个机会，也知道有可能她的助理回来自己就要走人，所以她犹豫了一下。

陈丽见她没回答，又说："我希望你可以赶在我助理回来之前可以独立策划、独立完成书本从审稿到上市的流程。"

周芷康眼里燃起了希望："我可以。"

"但这个过程很漫长，一个什么都不懂的人跟实习生一样，我们培养你至少需要三年。"

"我没问题，在这半年内我会尽我所能去努力成长。"周芷康当然知道，给她的时间只有半年左右，在这段时间如果她没有成功从助理转到策划编辑，那她就得走人。

陈丽笑容满面地站起来，伸出一个手："欢迎你的加入，明天可以来上班吗？"

周芷康也连忙站起来，跟她握了一下手，松开："明天可以的，不过，我想知道薪水是多少。"

"试用期三个月，三个月内三千，转正后三千五，有奖金。"陈丽职业性地回答。

这么低的工资确实让周芷康大吃一惊，她忍不住问："三千？"

"是的，实习生的工资两千五，我是看在猫哥的面子给你开的三千。"

"公司有什么福利吗？"

陈丽想了想，说："中午公司提供午饭。"

这也算是福利，好吧，周芷康咬了咬唇，说："好，我明天来上班。"

"那明天见。"

临走的时候，陈丽亲自送她出去，在集团内部一路走过去，告诉周芷康集团的背景以及无可限量的前景。

周芷康走到外面，感觉像是走进了冰箱，与室内相比，外面简直是寒风刺骨，她忍不住裹了裹身上的大衣，把手里的帽子戴上。

坐上回程的公交车，看着外面干净的街道，倒退的景物，忽然感慨万千，她掏出手机，戴上耳机，让自己暂时忘记身在何方，难得一刻放松，一种愿意放松的心情，她闭着眼睛享受着。

耳机传来有信息进来的声音，她打开手机一看，是小雨发来的信息："工作找到了吗？"

周芷康："找到了，在某集团做助理兼策划编辑。"

小雨："加油！"

周芷康："嗯嗯，你也是。"

小雨："其实我们公司也在裁员，我也在找工作，你好好做，虽然不太看好这个行业，但很多人跟你一样不问前程地一头栽进来。"

周芷康："嗯，找到新工作记得跟我说一下。"

小雨："放心，肯定会告诉你。"

周芷康："有空约出来，我请你吃饭。"

小雨："先顾好自己吧，以后有的是时间吃饭。"

是啊，三千的工资在老家都算低，但你不做吧，大把实习生抢着做，他们不求钱多少，只想要工作经验，再说，有了工作经验，又是名牌大学毕业生，再以另一种身份，进入高薪大集团是很容易的事。

六 谁都不是谁的谁

第二天，周芷康第一个来报道，人事还没上班，她在前台等了一下，等到人事上班，办完入职手续，被安排在前助理的位置上。

陆陆续续有同事回来，她安静地坐在椅子上等着，面前的电脑是打开了，可是开机密码是什么？

她问坐在她后面的那个男生："你好，我是周芷康，新来的助理，我想问一下，这台电脑的开机密码是什么？"

男生找出一张小纸条递过去："我叫李筝，密码在这。"

周芷康接过去，道了声感谢。

顺利开了电脑，很多前助理留下来的文件，她慢慢地看着，边学习边清理，不一会儿，陈丽回来了，扔下一句："半个小时后全体到我办公室开会。"

周芷康立马紧张起来，转头问李筝："开什么会？我要准备些什么？"

"开每周一次的选题会，你带个笔记本做记录就好，完了后把会议记录发到公司的工作群。"

"是。"周芷康打开抽屉拿出一本没用过的笔记本，再拿上一支笔准备做记录。

陈丽的办公室摆着一张黑色三座皮沙发，大家落座，有人站着，有人推了自己的椅子进来坐，就这样围坐在一起，开部门会议。

陈丽问："李筝你先说，这期的选题报的是什么？"

李筝打开笔记本，看了看上面的内容，抬头淡定地说："有一本悬疑书，我觉得写得挺不错的，跟作者谈过稿费，对方要求税后一万，作者没有知名度，出版过其他书，我去查过，其他书卖得不太理想。"

陈丽点头:"争取五千税后拿下来吧。"

李筝面有难色:"我尽量。"

陈丽目光转到一个戴着眼镜,把长发扎在脑后的小姑娘:"锦华,你的呢?"

锦华正了正身子,拿起面前的申报表说:"一个已婚姑娘写的游记,我觉得内容很丰富,里面很多东西都可以拿来做借鉴,值得出版。"

陈丽"哦"了一声,托了托眼镜,问:"稿费呢?"

"对方只在乎出版,不在乎稿费,我跟她谈了0稿费。"

陈丽笑了笑:"稿子没问题就做。"

"谢谢陈老师。"锦华乖巧地说。

接下来就是其他的一些编辑报选题,报了十个选题,只选了六个来做,周芷康把要出版的都记录了下来,准备整理好就发到公司工作群。

陈丽合上面前的本子,正式地介绍周芷康,她说:"周芷康,猫哥的朋友,我们的新助理加策划编辑,大家互相认识一下,芷康,你自我介绍一下?"

周芷康站起来,面向大家道:"大家好,我叫周芷康,之前没正式做过编辑,但有出版社与作者资源,目前是以助理身份进入公司,往策划编辑发展,希望大家以后多多指教。"

大家又都各自介绍一番,散会。

回到座位上没多久,就好多同事主动加她,她感到很温暖,到了中午吃饭的时候,锦华主动找她一起去楼下的饭堂吃饭。

路上,锦华说:"我们这里中午有饭吃,但要从工资中扣餐费,一个月三百五十块钱,比外面经济实惠一些,主要是公司的饭堂从食用油到餐具都有专人把控，食物干净卫生。"

"太好了，没想到还有这种待遇。"

"过了试用期我们还会买社保，在北京工作，五险一金是要买的。"

"嗯嗯，对了，我这两天在找房子，你住哪里？"

锦华理解她刚到北京，暂住短租房的困境，短租房没什么不好，唯一不好的就是经常换房客，像酒店一样，人走了又来，来了又走，你永远不知道下一个住在隔壁的会是谁，而且短租房离上班的地方又远。

锦华想了想，说："要么你住公司附近的公寓？就是用木板隔出来的那种，反正回去也只是睡觉，也不用要求太高，主要是近，可以睡个懒觉，坐公交又不挤，二十分钟到公司那种。"

"也可以，我就找这种房子吧。"周芷康没想那么多，主要是自己工资不高，北京租房贵是谁都知道的，杜一给的钱要省着点儿花。

第二天她就找到了房子，下班后把行李搬进去，告诉小雨她搬到了新租的地方，小雨说："怎么那么快？事先也不跟我商量一下。"

周芷康看着只有一张床的卧室，轻声说："不是怕麻烦到你嘛。"

"我是那种怕麻烦的人吗？"

"也不是，你不是也挺忙的嘛，怕你分心忙我的事耽误了正事。"

小雨在电话那头叹了一口气，说："杜一说你独立，一开始我还不相信，现在总算见识了，这么跟你说吧，这种隔板房唯一不好的就是隔音不太好,大声点儿说话隔壁都知道,如果你不在乎隐私我觉得应该没问题。"

周芷康长叹了一声:"哪种耳塞隔音最好,我需要好的睡眠。"

"上网看看,一两天就到货了,还有啊,这种群租房公共区域的卫生也不太好。"

周芷康想了想,说:"我也不是住一辈子。"

晚上,隔壁房间的噪声不断传来,她翻来覆去半个小时左右,终于忍不住爬起来朝隔壁房间的墙重重地敲了几下,隔壁安静了一会,复又重新动起来。

周芷康心想:"下次租房要先了解邻居的情况,有小孩或情侣的房子不能租。"就这么想着,迷迷糊糊地又睡了过去。

第二天起来,第一时间把窗帘拉开,打开窗,外面已经铺了厚厚的一层白雪,冷飕飕的空气直往室内灌,她裹了裹厚厚的睡衣,然后趴在床上在日记本上写下几个字:

大家都是租房子的,希望日后行事注意影响,感激不尽。

然后撕下来悄悄塞进旁边的屋子里,上班去。

谁都不是谁的谁,有些人不必惯着,人之所以是人,是懂得谦卑善良,尊重别人才能得到别人的尊重,如果因为你们的快乐影响到别人那就过分了。

七 有能力的人都应该被抢

周芷康每天回公司除了做好助理本职工作之外,其余的时间都在很努力去找资料、约作者、谈稿子,不得不说,如果把兴趣当工作,所有事做起来都不会那么吃力。

她喜欢文字,文字表达能力强,这是她的优点,一些病句与错别字很快就可以看得出来并修改,所以同事小徐找她校对,校对有一校、两校、三校,就是把稿子打印出来之后逐字逐句去阅读,找出有问题的地方修改,包括排版、错别字、病句等。

看着眼前那么大一叠稿子,周芷康有点儿发懵,好一会儿她才问:"什么时候校完交给你?"

"大概一个礼拜吧,你校完就交给李筝校,你是初校。"

"好。"

上班的时候没事就拿着一支红笔划红线,一章一章交给小徐,可是过了几天后,她看小徐的脸色不对,悄悄问其他同事:"小徐不会失恋了吧,怎么好像看起来好严肃的样子?"

同事说:"你校的稿子他看了,很多地方有错也没校出来,交给陈老师的时候,陈老师说你连文字编辑都做不好。"

午饭的时候周芷康把这事跟小雨说了,小雨建议:"不如考虑一下转行?"

"可做编辑是我的梦想。"

"梦想不能换钱的时候算个啥。"

周芷康沉默了,现在撤退?她不甘心,也许她不适合做编辑,这句话一直在她脑海里盘旋,她很痛苦,不知道坚持的意义是什么。

仅仅只是喜欢,算是理由吗?

她摇了摇头,看见锦华在低头回复信息,她问:"集团里的工资那么低,你有想过转行吗?"

锦华抬头看了她一眼,又低下头,目光集中在手里的电话上,回她:"我平时会接一些翻译的稿子做,算是私单吧,其他同事有些会下了班到咖啡厅做兼职,有些会写稿自己找出版,总之不会光靠这一份工作生活。"

周芷康恍然大悟,原来是这样,我说呢,光靠这么点儿工资,在北京活下去都是问题。

她想了想,把心中的话说出来:"你觉得我现在出去找工作有把握吗?"

"先稳住,拿点儿工作经验再说,有空可以去拜访一些前辈,也方便你做策划。"

"有人指点,我心安了许多。"

"也不能太依赖别人,路是自己一步一步走出来的,我就是没有人在旁边指点,都是靠自己摸索,相反,你比我幸运多了。"

是的,周芷康来到北京第一个朋友就是锦华,多年后想起这些仍然感到热泪盈眶。

因为在集团公司被淘汰掉的概率太高,周芷康悄悄在网上找工作,心想,如果实体书编辑不行,网络编辑也是可以的,她不挑。

红袖添香是一个女频网站,需要责任编辑,她找到招聘者,请了半天假出去面试,到那里的时候发现真荒凉啊,如果不是有地铁可以到达,真没想到这种荒凉的地方居然承载着这么多人的梦想。

周芷康见到那个叫丁丁的女人时已经是下午三点,她安静地在会议室填着表,然后一个衣着朴素的女人走进来,她先自我介绍:"你好,我叫丁丁。"

周芷康连忙站起来,把笔握在手里,说:"你好,我叫周芷康。"

丁丁点点头:"听说你在陈丽那边,怎么想着过来这里?"

"人往高处走,我希望丁老师可以给我一次机会。"

"你到我这边,陈丽知道吗?"

周芷康:"不能够让她知道吧?"

丁丁"哦"了一声,问:"怎么说?"

周芷康想了想,说:"我觉得他们选题的方向不太适合我,我是写都市言情的,他们做的都是小资、历史,其实这一类的选择都是跟大咖挂钩,很难让新人有出头之日。"她一口气说完,顿了顿又说,"大咖还没成为大咖之前也是小作者出身,谁也不比谁高贵,不是吗?"

丁丁点头:"是的,她喜欢做死人书。"

"死人书?"

"就是再版,等版权到期了,去跟版权持有人谈稿费,再把版权买回来做,这样的书利润很高,版权期也可以延长,但实际上没有什么意义。"

"是啊,历史书有国家出,这些涉及一半历史又不太全的,做了也没多大意义,为什么不给新人机会,或培养新人呢?"周芷康想不明白。

丁丁笑了笑:"这么说吧,现在出版不好做,培养新人成本太高,除非这个人很有潜质,还要人品、家庭背景都没问题,要不然不会轻易去包装一个人。"

"考虑得真多。"

"其实也正常,就好像经纪人公司包装艺人一样,都是要综合考虑的。"

"我明白。"

"现在可以跟我说一下你的情况吗？"丁丁温柔地说，声音温柔悦耳，让人忍不住对她放松警惕。

周芷康说："在她那里我兼策划编辑，但我报上去的选题几乎还没到老总那里就已经被她毙掉了，给我的理由是没做过情感类的书，没把握，她连尝试都不尝试。"

"很正常，谁都不会做没把握的事，你的领域她不熟悉，自然是要规避风险的。"

"总之感觉跟在她下面做事好像没地方施展一样，也不是说她不好，主要是方向不一样吧。"

"这就是你想跳槽的原因？"

"嗯。"周芷康没说工资低的事情，其实换工作要么就是工资低，要么就是工作环境不好，要么就是上司不人道，综合以上几点，还是归咎于工资低，如果有钱了，上司人不人道、环境好不好都是可以忍的。

"你是杜一的人，但为了圆梦选择来北京，既然你都找到我了，哪怕你不是杜一的人，凭着你这股干劲，我也是会考虑要你的。"

"谢谢丁老师。"

"不客气，我也曾有过你这个阶段，你看是什么时候入职？我这边给你留位。"

周芷康一时不知道说什么，或许同道中人的惺惺相惜，又或者因为杜一，又或者丁丁在她身上看到了自己过去的影子，总之，丁丁愿意在成功的路上扶她一把，为此，她感激不尽。

可是有些事情她还是得问清楚的，比如薪资，她问："那薪水方面。"

"我知道新人的薪资都不高,但我会给你最高的待遇,说实在话,你有杜一这个资料库,日后你得懂得去利用这些资源,比如你要约哪位作者的稿件,可以找杜一帮忙约,这个应该没问题吧?"

周芷康听得明白,她轻轻咬了咬唇,这么一来等于是把杜一架上去了?但为了前途更宽广,她似乎只有这么一条路。

丁丁见她沉默,笑了笑,又说:"你要知道,我看中你是相信你的能力,至于杜一的资料库,其实是借力,就好像草船借箭一样,不可耻。"

周芷康点点头:"我没问题。"

丁丁满意地笑了笑:"这样吧,你入职那天就算是转正,没有试用期,薪水是六千一个月加奖金,周末双休,节假日按法定假期休,五险一金。"

周芷康感激地说:"谢谢丁老师。"说这句话的时候她感到声音都哽咽了。

"不客气,你愿意来我也很高兴,以后大家就是一家人了。"

"我可能要等过了试用期再走,今天刚好满一个月,还有两个月,试用期过待她的助理回来就没我什么事了,在这之前,我是答应过她的。"周芷康抱歉地说。

"没关系,我说过给你留位的,在这之前你也可以兼职做做,让作者在我们网站发文,签合同后我可以按本来给你结算。"

周芷康连声说好,心里却想:如果这世界真的有天使,那应该是长成丁丁这样的吧?

八 乱一阵子就好了

这天，北京大雪，四五点左右天就开始黑了，本来五点半下班的，因为临时有事开会，到六点半才下班。

周芷康走到公司外面一看，冰冷的空气，人迹稀少的街道，昏暗的路灯，入目荒凉，她想：这么多人挤破头想在北京落地生根，到底是为了什么？

回到住的地方已经是八点多，外面满天飞雪，屋内却漫天迷雾，有人在厨房炒菜，走廊的灯光昏暗得像拍老旧电影一样。

有人在厨房探头出来："回来了啊。"

"嗯。"周芷康应了一声。

那人说："这周是你负责搞卫生吗？"

群租房，每个房间排号搞卫生，这周刚好轮到周芷康，她说："是。"

"那你去把卫生先搞一下吧，洗手间垃圾桶都满了。"

周芷康说："明天可以吗？我刚下班回来。"

"谁不是刚下班回来啊，你怎么那么多事。"

周芷康嘀咕着："明天搞也是一样啊，哪来那么多话。"

没想到就这句话把对方惹怒了，她拿着炒菜的锅铲冲出来嚷嚷："你什么意思？叫你搞个卫生就那么难吗？"

"我又不是不去搞卫生，你这么凶干什么，有病吧？"

对方一把抓住她的衣领，冲着她就喊："我就有病，怎么了？"

周芷康大吃一惊："你干什么？要打架是吗？"

这时住在周芷康隔壁的大姐听到声音走出来："都干吗呢？不是做饭的吗？怎么冲人家姑娘嚷嚷。"

见有人出来，对方松了手，周芷康转身回屋里，把门反锁起来,坐在床上愣了好一会儿才缓过神来,打电话给中介:"这屋子住的都是什么人?我要换房子。"

中介问清楚原因之后说:"她们夫妻俩都挺好的啊,是不是有什么误会?"

周芷康说:"我没有捏造一个字,全部都是事实,隔壁大姐可以做证,这房子要么给我换,要么给我退吧。"

"退是不可能的,你看要么先搬到我这里暂住吧,房子我再帮你想想办法。"

"我搬到你那里住?那你住哪里?"

"我睡沙发吧。"

"那算了,你还是先处理我房子的事吧,先这样。"

一个落难的单身女子会有陌生人伸出援手?别不是从一个坑掉进另一个坑就好,周芷康虽然单纯,可这种事一点儿都不敢随便,她又给小雨打了个电话,说着说着就哭了起来:"折腾到现在我还没吃晚饭呢。"

小雨在电话那头叹了一口气:"你来我这里吧,跟我一起住也好有个照应,地方是小了点,收拾收拾也还可以住人的。"

周芷康哽咽地道:"我明天过来。"

"现在过来吧,谁知道对方是什么人呢,如果她明天看到你再做出一些过激的行为怎么办?听我的,我不想你有什么意外。"

"好,我现在收拾东西过来。"

连夜赶到小雨那边已经是深夜十点半,周芷康一见到小雨就哭了,她什么时候受到过这种委屈啊,小雨安慰了她一下,就伸手接过她的行李:"还好你东西不多,凑合着先在我这住着吧,其他的改天有空再去拿。"

梳洗完毕,周芷康与小雨躺在床上,大家都没睡意,周芷康轻轻叹了一口气:"你说,怎么会有这么不讲道理的人?"

"什么人都有,惹不起还躲不过吗?"

"被这么一闹腾,我对北京的印象大大打折,以后可能会有阴影了。"

小雨翻了个身,面对着她,道:"你可千万别,这个世界啊,哪里都有好人,哪里也都有坏人,不能一竿子打翻一船人哈。"

"穷山恶水出刁民。"

"教育与家庭有很大关系,出门在外懂得保护自己才是对的,至于其他人,说句实在话,你又不跟她吃跟她住,又不是要你跟她一辈子,有什么好感慨的?管好自己吧。"小雨话锋一转:"你不是在找新工作吗?找得怎样?"

"丁老师那边要我了,我想等这边稳定下来再过去,也算是给猫哥一个交代吧。"

黑暗中小雨幽幽叹了一口气,不再说话。

小雨租的也是群租房,但相比来说这里租房的人没那么复杂,大房间住着几个刚毕业出来的大学生,平时下班之后会在房间喝酒聊天,到了十点很自觉地把音量收小,尽量不影响别人休息,小雨房间的右边是一对小夫妻,一般不在这里住,周末才回来住两三天,左边是一个独身女孩,如果说小雨的房间是活色生香,那么她的房间就显得有点儿荒凉了。

浴室就在斜对面,一样的脏兮兮没人清洁,周芷康住进去第二天就着手把浴室卫生搞干净了。

接着就是厨房,大家都习惯在外面吃了再回来,厨房压根没有派上用场，可周芷康不一样，她是地地道道的南方姑娘，平时在家就喜欢煲汤做饭，自从她来了之后便把厨房打扫干净，下班回来就煮好饭炖好汤等小雨回来一起吃。

小雨吃着可口的饭菜，满足地说："不用吃快餐的感觉简直是太爽了，你不知道，我的胃一吃快餐就难受，可不吃就会死，只能选择难受了。"

周芷康说："可不是，快餐的油都不知道是什么油，我做菜的油可是正宗的花生油，当然比快餐好吃多了，我保证，不出半个月你就会长胖。"

小雨低头看了看自己的身体，默默地放下了筷子："还是不要再胖吧，再胖下去就没人要了。"

小雨属于典型的亚健康人群，整天坐在办公室吹空调，下班回来躺着就不想动了，十米以外的地方都是远方，吃进去的东西都长成肉，能不胖才怪。

随即小雨又把筷子拿起来："不过话又说回来，你煮的东西真好吃，本来我还想着等你发工资，房租就一人一半的，现在看在你做饭那么好吃的份上，我就不收你房租了，安心在这里住，我短时间内不会谈男朋友。"

周芷康点点头："嗯嗯，你敢收我房租，我就敢收你伙食费。"

小雨的筷子在空中一滞："刚刚那段话的关键词不应该是男朋友吗？"

"男朋友就先别想了，想想怎么赚钱吧，今天我出去买菜，发现北京的菜真的很贵啊，天天这么吃，估计很快我就破产了。"

一听到日后的伙食可能没那么好，小雨连忙说："我可以适当地支持一下伙食费，或辛苦费，什么都好，你有空就做饭哈，我还可以陪你到菜市场或超市去买食材，当然，吃完饭我还能洗碗。"说完，她还可怜兮兮地加了一句："别抛弃我，嗯？"

周芷康忍不住笑了起来。

九 有房有车有什么了不起

时光飞逝,陈丽的前助理回来了,陈丽把周芷康叫到办公室,关上门后,陈丽说:"有意向留下来吗?"

周芷康正了正脸色,问:"我想知道转正后工资多少钱。"

"我可以开到四千,但说实在话,你现在这样的连文字编辑都算不上,我想留用,可是你也知道,现在部门在削减人手,出版业也越来越不好做了,你考虑一下?"

"不用考虑了,我辞职吧。"

"其实你做助理还是可以的,等我有能力请两个助理的时候我会第一时间考虑你。"陈丽略显抱歉地说。

"谢谢你给了我一个成长的机会。"周芷康出来后,李筝转身问她:"怎样?把你留下来了吗?"

周芷康摇摇头:"没有,她要的策划编辑是要那种,我连文字编辑都不合格。"

"可是你有资源啊。"

"她看不上。"

"怎么搞的,不尝试一下怎么知道不行?"

"没什么,我会找到工作的。"

李筝悄悄地说:"我朋友公司招策划编辑,我觉得你可以去试一下。"

周芷康没想到李筝会这么说,一愣,然后满怀感激地说:"筝哥,谢谢你,你这份情我记下了。"

"以后有什么需要帮助的尽管开口,都是离乡背井的人,别客气。"

"好的。"

"下午还有一个选题会,你好好准备一下。"

"嗯嗯。"周芷康转身认真填写选题表。

下午开会的时候，公司领导人陈社长也在，每个人都把自己的选题报上去，到陈丽的时候，她声音偏小，跟平时的雷厉风行好像不太搭，陈社长两次提醒她可以声音大一点儿。

轮到周芷康的时候，她站起来，声音清脆，咬字清晰，把要报的选题都说得很清楚，陈社长边听边点头："不错，可以做。"

等周芷康报告完了之后，陈社长还说："这种报告方式才是标准的，我看到的是认真工作的态度。"随即转头跟周芷康说："继续努力。"

"我上完今天的班，明天就不来了。"

陈社长来了兴趣："哦，家里有事？"

周芷康摇摇头："也不是。"

"那就留下来。"

"我也不想走。"

"那就不要走。"

周芷康略显尴尬，毕竟这是选题会，竟然谈论起她的去留，陈丽见场面有点不可控，她说："李筝的选题也很精彩，陈社长看一下？"

"也好。"陈社长点头。

周芷康这才松了一口气，自从公司把人员分配好了之后，部门经理有能力决定员工的去留，所以哪怕是陈社长极力挽留，周芷康还是得走。

散会，回到办公室开小会，陈丽从头到尾都没有说周芷康在选题会上过了选题的事。

李筝说："你的稿子哪怕报上去她也不会做的，拿到别的公司去做吧。"

周芷康无所谓地耸耸肩:"好。"

"下班去吃一顿吧,算是帮你饯行。"

"哪能让你破费?"周芷康觉得李筝挺好的,做事细心,工作认真,感情又细腻。

李筝说:"叫上几个要好的同事聚聚吧,今日一别,都不知道什么时候才有机会相聚了。"

"如果我还留在北京,来日方长,想聚还是有机会的。"

晚上吃饭的时候,锦华,掌心化雪,李筝,周芷康都在,吃的是火锅,在北京,特别是冬天,吃火锅是最好的,既热乎,又暖身子。

几杯酒下肚,周芷康说:"你们不知道,有一天我加完班跟财务一起走,财务那边早就对陈老师有意见,钱没赚到,就各种聚会餐饮下午茶,这本来也没什么,可她偏偏把发票拿给我,让我拿去找财务报销,你们说,这样怎么行?又不是跟作者吃饭,也不是约稿签了什么大咖,总之拿去报销的时候,财务那边对陈老师意见挺大的。"

李筝说:"还是不要喝酒了吧,才刚开始就醉了。"

锦华说:"部门刚成立,还没有什么成绩出来,看到好像已经很腐败的样子,如果我是财务我也会很着急,老板都是先看成绩的,做出成绩来了,你要报销什么都很容易吧,不过现在是部门经理说了算,只要有了她签字,加上周总经理签字,那就等于可以报销了。"

周芷康点点头:"说得也是,不过你们不知道,我拿去给周总经理签字的时候他也是一脸不悦,只是不像财务那边那么说而已。"

掌心化雪说:"毕竟是总经理,气度肯定要有的,几百元的餐费跟下午茶算不了什么,不过再这样下去,陈老师也是挺危险的,如果部门经理不行,很有可能会被换掉。"

李筝似乎不想讨论这个话题,举起杯:"好了,今天是给芷康饯行的,就不要说工作上的事情了。"

大家都举杯碰了一下,周芷康放下杯子,说:"不瞒你们,其实在三个月前我已经找到另一份工作了。"

锦华关心地问:"做什么的?"

"也是编辑,不过是网文编辑,我觉得那里的世界更大一些。"

锦华脱口而出:"那当初跟着杜一不就得了,干吗要跑这么大一圈。"

周芷康夹起一块肉送进嘴里,嘴里嚼着肉,边说:"你不懂,我一直想证明自己,不想给他太多的麻烦。"

"可如果他带着你,不懂的话就问他不就更好吗?"锦华不懂。

"唉!"周芷康叹了一口气,"我想跟他并肩,而不是跟在他后面。"

在丁丁公司上班的第一天,总编就安排周芷康去见一个网络作者大咖,她想起杜一说过的一句话:有做不到的任务时,先答应下来,再想办法去解决。

微信约好与网络作者见面的时间地点,她问小雨:"现在的人约见面都是以酒店做地标吗?"

小雨一惊:"酒店?有具体地址吗?"

"说是订了一间房,方便谈合作。"

"我晚上要加班,要不你找个同事陪你去?"

"我刚到新公司上班,哪有什么同事愿意帮忙,还是我自己一个人去吧,免得对方以为我怕他了。"周芷康想了想,又说,"再说,我不愿意他也不能硬来吧。"

小雨沉默了一会,说:"还是小心一点儿吧,现在的人谁知道呢?你把那个人的电话、姓名发我一下,我查一下他。"

周芷康听话地把对方的资料都发给了小雨。

小雨很快就回复她:"写玄幻的,看他的文章倒挺有逻辑,不过人不可貌相,到时候你跟我要保持联系。"

"晚上八点到酒店,我也觉得此事不简单,可是主编的意思是,要挖他到我们网站发文。"

小雨说:"按道理你们开出条件,对方觉得可以就签协议好了,为什么要亲自约见?"

"可能这样会显得我们更有诚意?"

"也许吧。"

周芷康叹了一口气:"想要签约,不容易啊。"

小雨无语了。

下班,在公司楼下吃过晚饭,坐地铁到约定的地点,那是市中心一处繁华的地方,八点钟还早,地铁周边人来人往,电话响起,对方说:"你上来吧,我已经在酒店里面了。"

到了酒店,周芷康敲了敲其中一个房间门,里面传来一个男人的声音:"门没锁,进来吧。"

她感到很诡异,但也没想那么多,便推门进去。

房间的灯很昏暗,橘黄色的灯像拍电影一样,好一会儿她才适应了屋内的光线,看见一个光着身子,腰间围着一条浴巾的男人。

屋内的暖气开得很足,不一会周芷康的鼻尖儿就有密密的汗珠子。

她把羽绒外套脱下来,男人开口:"衣柜里有拖鞋,换一下。"

"啊?不用了,我跟你谈一下合作的事情,不用那么麻烦的。"

"随便你,家里人多,太吵,没法专心写稿,所以我习惯在酒店码字。"他解释了一下。

周芷康连忙附和:"挺好的,这里的气氛很适合写玄幻稿子。"

"我最近签了一本悬疑书,半年后就会上市,网文这边我可能没多少时间兼顾。"

"那恭喜你,其实我来这里的目的你应该知道的,合同我都带上了,就等你签字。"

"不着急。"他站起来。

周芷康眼睛不敢往他身上看,更担心围在他身上的浴巾会掉下来。

他走到酒店的茶几旁,拿起一瓶红酒问:"要喝酒吗?"

周芷康条件反射般地摆手:"不用客气,我带了保温杯。"

他笑了笑,自顾自地把酒开了,给自己倒了一杯红酒:"有时候卡文,喝酒会更有灵感。"

周芷康赔着笑脸说:"那是那是,文人都爱喝酒,你看李白,喝了酒才写出那么多诗句出来。"

他举了举杯子:"我觉得你也应该喝点儿,好开展业务。"

周芷康悄悄退到门边,笑着说:"看来今天适合喝酒,不太适合谈合作。"这时她重新打量着对面那个男人，只见他三四十岁的样子，发际线往上移，啤酒肚十分明显，稀疏的头发搭在脑门上，油光满面，灯光下显得油腻极了。

他问："你害怕?"

周芷康假装咳了一声："也不是，我觉得我们公司的平台很有发展前途，如果阁下签合同之前有什么条件也可以提出来，但凡我这边可以答应的都没问题。"

他左顾而言地："你可能不知道，你是我见过的编辑中最漂亮的一个。"

周芷康略显尴尬，连忙正式地说："这并不影响我们之间的合作。"

他往她的方向走了几步，停住："其实我也没结婚。"

"我对你的私人感情并不感兴趣。"

"或许我们可以试着交往。"

"我已经有男朋友了。"

他毫不在意地说："我年薪百万，你可以回去考虑一下。"

周芷康打开房间门，退出门外，回头说："好，我回去考虑一下。"

到了楼下，她就从包里掏出合同撕掉了。

回去铁定是无法跟总编交代的，但她不在乎，如果签一份合同把自己也搭上的话，那就真的牺牲太大了。

霓虹灯映着夜归人，她感到一片荒凉。

小雨的电话打来："担心你。"

"刚到楼下。"

"签了吗?"

"如果签份合同把我自己搭上了划得来吗？"

"叫他死远点，算什么玩意，你啊，好好的一个姑娘凭什么那么想不开？"

周芷康叹了一口气："所以我走了，明天不知道怎么跟主编交代。"

"你先回来吧，咱们见面聊。"

"好。"挂了电话，才发现外面怪冷的，周芷康又冷又饿，突然发现，来这里遭罪干什么啊？回家高床暖枕的不好吗？可谁叫她想干一番事业呢？

十 凭什么说我不行?

下午三点,陈丽如约到了那间幽静的咖啡厅,这里的私密性很好,每一桌的独立空间都很好,过道大多数都被树或其他东西阻隔开来,是一个很适合约会的地方。

她把包放下,对面坐着她老公胡明博,她说:"离婚不是我的初衷,你知道的。"

"我要工作,男人没事业就像一条狗,我不希望别人说我被你养着。"

她强调:"我没那么大的本事,现在我只不过是一个部门经理,我有什么能力养你?"

胡明博冷笑:"那不就得了,你有大房子住,吃得好穿得好,还有什么不满足的?"

"我要的是你在身边,陪伴孩子一起成长,而不是一个月都看不见人,家里什么事都是我管,我会累。"陈丽耐心地解释道。

"我们如果离婚了你也一个人生活,有什么不一样吗?"胡明博不明白,为什么女人容易在小事上纠结。

"现在不是还没离吗?"陈丽激动地嚷起来。

"那就离吧,还有什么好说的呢?"

陈丽激动地站起来:"我说过,离婚不是我的初衷,我是希望你回来,为什么你要坚持,在北京也会有很好的工作,再不行,我帮你也可以,你为什么不肯为了家庭让步?"

胡明博任她在那里叫,耸耸肩:"这是原则上的问题,我不高兴,你要我去做的事,我也不是那种吃软饭的人,只有这份工作可以证明我。"

陈丽有点儿气馁:"我不是这个意思,我只是说如果你回来我可以帮你,我也从来没说过你是吃软饭的人。"

"那对不起,你说的那些我做不到,如果你觉得婚姻无趣,我同意离婚。"说完他站起来,拿起背包准备走。

陈丽叫住她:"你去哪里?"

"我六点的飞机到意大利。"

"这次又走多久?"

"你管好自己吧,听说你把一个实习生给开了?你真的可以的,你是忘了自己当实习生的时候吧?"

陈丽觉得他误会了自己,气得脸色发白:"你找人调查我?"

胡明博耸耸肩,走了。

这时候陈丽才觉得事情严重,她点了一杯咖啡,喝了两口咖啡后才把心情平复下来,她静静地回想刚刚与胡明博对话的场面,突然感到可怕,是因为他居然知道自己把周芷康挤走的事。

如果这不是偶然发生的,那么他就真的找人来调查她了,他调查她的目的是什么呢?

细思极恐,他在找她不忠的证据?他早就有预谋离婚?

陈丽觉得自己身正不怕影子歪,他没有实际证据也不能把她怎样。

趁着下午还有时间,她顺便回了一趟家。

北京市区胡同深处的四合院是她的家,家里还有一个老母亲,她有空就回来看看,她妈妈今年都六十五岁了,但精神状态很好,时不时地去唱唱京剧,有空就去跳跳广场舞,逢人就说大闺女在集团公司上班,嫁了个华侨,女婿是上市公司高层,全国各地出差忙得很,女儿女婿都是她的骄傲。

此时此刻陈丽妈正在院子里摘菜,院子共有四间房子,中间是一个圆的石板桌子，四周围着四个石凳子，见高跟鞋踩在青石板的声音，她抬头一看，手放下来，埋怨说："回来也不跟我打个电话，你真当这里是饭堂，想来就来。"

陈丽把手里的袋子递过去："兔肉，热一下就可以吃，给您加菜来了还不高兴？"

陈丽妈接过袋子，转身去找碟子装起来，不忘问："孩子呢？"

"奶奶带着呢，估计这会儿应该到培训班上课了。"

老太太说："别把孩子逼那么紧，带回来跟外婆也见见，我都多久没看到孩子了。"

陈丽气不打一处来："那时候叫你过来帮我带孩子，你倒好，说什么你忙着呢，没空，再说，奶奶带理所应该，我一个外婆掺和什么啊。这回倒好，想孩子了。"

老太太打趣地说："要不你给我再生一个？"

"我可没这精力。"

老太太不死心："国家都提倡二胎，再说，你们俩也都年轻，经济也可以，再养一个怎么就不行了？"

陈丽没好气地说："胡明博有十个月以上是在外地，我看你这个要外孙的梦会落空。"

"回头我跟他说说，我都多大岁数了，你们也不年轻了，要生就得赶紧生了。"

陈丽说："啧啧，你这话转得也太快了吧，刚刚还说我们还年轻，可以生二胎，现在又说都不年轻了，得抓紧生。"

"就是说现在最合适生。"

"废话。"

陈丽帮忙做晚饭，老太太突然神秘兮兮地凑过来说："待会还有一个人来吃饭？"

"谁啊？"

"就是你陈大爷。"

"哟，妈，你们是什么时候勾搭上的？"

陈丽妈打了她一下："你这嘴什么时候这么没分寸？陈大爷可是从小看着你长大的，你小时候可调皮了，人家还带你去看戏，你可别忘了哈，有一次你发烧……"

陈丽听着就烦，打断她："敢情我们院只有陈大爷了。"

"哎，你……"陈丽妈气结。

"不生气，大不了我的兔肉都让给他吃，你先出去迎接吧，这里有我就行。"陈丽边推她出去，边轻拍她的后背，"我再切点儿水果出来。"

陈丽妈满意了。

不一会儿听见院子里有声音，陈丽调整情绪，探头出去喊："陈大爷好。"

"哎呀，丽丽回来了啊，早知道我就不过来了，让你们母女好好聚一聚。"作势要走，陈丽妈一把拉住他，"干吗呢？菜都快煮好了，来了就来了，跟我闺女喝两杯，再唱一段。"

陈大爷留下来不走了，陈丽妈才满意。

一晚上院子里都是热热闹闹的，酒过三巡，陈丽妈说："那咱们还是再聊聊生孩子的事？"

陈丽脸色一变："妈，我已经有了小安，你就放过我吧。"

"再生一个，男女都行。"

陈丽看了一眼陈大爷，说："要不你生一个？我也挺孤独的。"

陈丽妈推了她一把："没点儿正经。"

陈大爷呵呵笑着，一副看热闹不嫌事大的样子。

小雨跟周芷康去吃北京烤鸭，周芷康刚来北京的时候吃过这个，还是猫哥带她去吃的，那时候她很好奇，怎么有这么多配菜？原来那些配菜都是有讲究的，把烤鸭蘸上酱放在面皮上，再放上青瓜与大蒜，一口塞进嘴巴里，一股青瓜的甜味与大蒜的冲味直往脑门窜，烤鸭的腥味没有了，别有一番滋味。

就好像第一次吃芒果干一样，很好吃，等往后再吃的时候却怎么也吃不出第一次吃的那种感觉，北京烤鸭也是，吃多几次，也比不上第一次吃的那种味道。

初次品尝一种食物的口感往往留给人很深的印象，就像人一样，彼此相见第一印象真的很重要。

晚上，她跟小雨躺在同一张床上，她睁着眼睛失眠，担心影响到小雨睡觉，她愣是一动不动睁着眼睛躺在那里。

不知怎的迷迷糊糊睡了过去，梦见小时候上学，作文总是被老师拿到讲台上去朗读，同学们都很羡慕她，下课后来请教，她说："用心就可以了。"

醒来天已亮，她伸了个懒腰，见小雨也醒了，她说："昨晚我一两点还没睡着。"

小雨说："怎么没看到你翻身，以为你睡着了呢，我也没睡着，害得我动都不敢动一下，怕吵到你。"

周芷康笑了笑，起床换衣服："知道我们为什么可以做朋友吗？"

"不赊不借，互相尊重。"小雨也起床，边换衣服边说，"昨晚打包回来的半只鸭热一下就可以吃了，还有个鸭架，可以煮汤喝，放点豆腐与葱花会很美味的。"

"小雨，幸亏有你。"

"要不然朋友是拿来干吗的？"小雨说得理所当然。

"想想昨晚，真的有重生的感觉。"周芷康感慨地道。

"以后留个心眼，约作者最好在白天，下班时间均属私人时间，谁都不容易，哪个人都想干事业，很多时候拼也要看运气。"小雨忍不住斥责了她。

"以后懂了，特别是遇到这种男作家，对了，如果我没拿合同回去，你说丁老师会不会对我有看法？"

小雨分析道："应该不会，撇开她跟杜一是同门不说，杜一这边的资源对接她一直想找个人，这么说吧，你刚好适合做这个对接人的工作，一个所谓玄幻作者终究比不上可以改编影视的作家，《花千骨》等也是先有小说才有影视，所以你别着急。"

周芷康点头："可现在大环境不好……"

小雨摆摆手："说大环境不好已经说了好几年了，还不是照样过？我看这五年都这样，暂时不会有太大的变化。"

星期一一早，周芷康第一个到公司，替大家擦了擦桌子，刚倒杯水坐下来，丁丁就到了。

她连忙站起来，不好意思地说："合同搞砸了。"

以为会换来一顿批评，没想到丁丁毫不在意："正常，别往心里去，以后这种事还更多。"

听她这么说，周芷康才放下心来："我准备做情感鸡汤类的书，那一块我比较擅长，女性情感，都市小说等都可以，统称女生类的书吧。"

"可以啊，我们的女生频道已经很成熟，你可以跟范范接触一下，她可能会有工作安排给你。"丁丁说。

"好。"事不宜迟，她立马找范范谈工作上的事情。

午休的时候周芷康给小雨发信息：我现在归范范那一组了，你说丁丁是不是架空我了？

小雨回：别想太多，丁丁掌控全局，管的事很多，暂时没空理你也很正常，介绍几个写都市情感的作者给你？

周芷康：好啊，我们这边也有出版资源，网站数字成绩好的话也可以出版的。

小雨：那就好。

没有午休，一直在跟作者聊天，范范还说要找到优质的作者，最好到微博上去找，在那些大V底下留言评论，或直接私信，告诉对方你是什么公司，需要什么稿子，方便沟通交流与合作。

周芷康编辑了一段文字，群发给很多作家，群发之前改一下抬头跟称呼就发出去了。

有些大V会留下工作邮箱与电话，她也直接发到对方邮箱与打电话过去询问。

一天下来也约了好几个作者，有些作者有存稿会直接发稿子过来，她就马不停蹄地审阅，觉得稿子可以就跟对方谈稿费，大部分作者都知道行情不好，不让稿子胎死腹中最好的解决方式就是降低稿费。

周芷康见缝插针地跟小雨在微信上感慨：太难得了，他们愿意降稿费。

小雨回：都不容易。

周芷康也吐槽：可是有个最近火起来的作者坐地起价。

小雨：他也许觉得自己值得那个价钱。

周芷康：可是我们公司给不了他这个价格，稿费就难，更别说承诺影视了。

小雨：公司是大平台，有好发展方向，他不愿意合作也不能强人所难，再说，你知道现在每天有多少新书上市吗？做个数据调查分析，找找畅销书作者，没必要在某个人身上纠结，白白浪费时间。

周芷康：你说得极是。

周芷康火速打印了几份合同，找领导签字盖章，趁着公司前台还没下班之际寄出去，没想到前台小姑娘说："你们部门的合同要自己寄，我这边只负责收快递，快递单你自己收好，到时要跟财务统一结账的。"

问前台拿到快递公司的电话，等快递员上门收件的时候她又联系了几位作者，把需要稿子的要求都跟他们分别说了一遍，有人说要重新写两万字样章才行，现在没稿子，有人问版权到期的行不行，她都应允，有稿子先审着吧，没稿的就等着，过一段时间再催他们一遍好了。

把合同寄出去后才算是结束，一天下来忙碌且充实。

抬头一看，窗外飘起鹅毛大雪，看来下班要撑伞走了。

走到路上，看见很多餐厅都装饰了圣诞节的挂件，屋内传来圣诞歌，她才想起今天原来是圣诞节，她加快脚步往前走，脚下一滑，摔了个四脚朝天，她连忙又爬起来，没走几步，又一滑，继续摔倒，没人笑她，因为大家都是这么走走滑滑的，谁也不笑话谁，她反倒自己先笑起来了，这次站起来后加倍小心，小心翼翼地往前走。

晚上的安定门大街人迹罕见，她掏出手机，还好手机没有被冻关机，记得刚来北京的时候，手机好几次被冻关机，明明有百分之九十的电量，再开机的时候只剩下不到百分之二十，太惨了。

她给小雨打语音,小雨很快就接了,她说:"今天圣诞节,我们去哪里撮一顿?"

"老胡同怎样?"小雨建议。

"得花掉我半个月工资。"

"我刚拿了奖金,可以请你。"

"那我就不客气了。"

小雨不客气地说:"你什么时候客气过?"

周芷康赔着笑说:"也是,住进来那么久,你也不肯收我租金,我该怎么报答你?"

小雨建议:"你可以以身相许的。"

周芷康往下接:"反正也一起睡,以身相许就以身相许吧。"

小雨气结:"你真的一点儿都不害羞啊。"

"你都开头了,咱就来个结尾吧。"

"不要脸。"

周芷康开心地笑起来:"哈哈哈,彼此彼此。"这时天空是玫瑰色的,路边的灯都亮起来了,雪花一片一片地往下掉,像梦境一样漂亮极了。

与此同时,杜一打电话给小雨:"最近她怎样?"

"放心好了,跟我一起吃住,今天不是圣诞节吗?那小吃货老早跟我说要出去撮一顿了。"

"给你打了两千元,带她去吃点好吃的。"

小雨犹豫:"这真的好吗?"

"就说是你发了奖金,请她吃的。"

"谢谢老板。"

杜一又问:"她的工作怎样?"

"目前很勤快,已经签了快有十本书,同时她自己下班回家也在辛苦写作,不出半年必定硕果累累。"小雨一点儿都没夸张,周芷康最近真的很努力在工作,别人不愿意去聊的作者她都去,并且在稿酬方面把控得很好,丁丁有意另开一个部门由她管理。

杜一听小雨这么说,放下心来。

挂了电话,小雨第一次觉得周芷康是幸运的,何得何能,她居然得到业界老大杜一的关照,不过在羡慕她的时候,小雨更多的是肯定她,如果她是一个不学无术的女人,依赖男人生存,估计很快就被人抛弃了,今日她得到这样的成绩,完全是她努力的成果。

各有前因莫羡人。

十一 输什么也不能输掉梦想

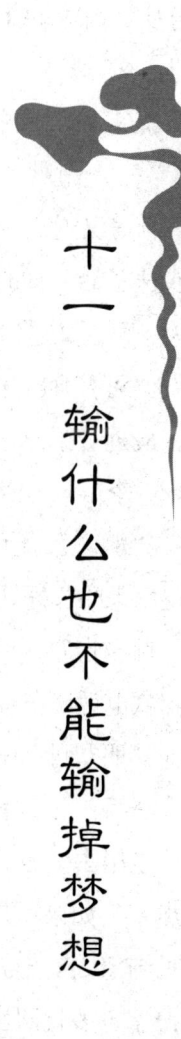

陈丽每天下班都准时走，局里领导来了她也走，有一天，领导实在忍不住了，问正在加班的李筝："你们部门的工作多还是不多？"

李筝如实回答："不算多，但也有一些细节要跟踪到位。"

领导又说："我看你倒是经常加班，怎么你的领导却好像脚底抹了油一样的？平时迟到早退就算了，明天可是书展的第一天，可别又迟到了。"

"可能陈老师有别的事要忙，平时她都会去拜访作者的，最近签了几本书都交给我们去做了，业务这一块我也不太懂。"李筝替陈丽说了几句。

"别这么谦虚，年轻人，谁是做事谁是偷懒的我还是可以看得出来的，好好加油。"

领导走后，李筝发了一下呆，回了个信息给女朋友：你要的那款电话现在有货了，已经给你预定，三天后可到货。

女朋友回：还没下班吗？给你做了你爱吃的红烧排骨。

李筝：马上下班了，现在就走。

走出去一看，天黑得像墨一样，不远处传来汽车呼啸而过的声音，如果不是为了梦想，可能早就打道回府了，多少次都梦见与家人安坐月下，晚上七八点围在圆桌上畅谈过去未来，喝得差不多就回屋里倒头便睡，第二天被第一缕阳光照醒，睁开眼一看，窗外阳光明媚，小鸟在树上跳跃歌唱，那才是理想生活。

李筝甩了甩头，走到路口，伸手拦下路过的计程车，跨步上车，车门一关，车子飞驰而去。

第二天是书展，各大出版社公司都会安排员工到摊位上帮忙，李筝一早就出发到书展，等到十点，各位领导都来了，还没看到陈丽的身影，今天是书展的第一天，书局里的领导都很重视。

果然，社长走过来问李筝："陈经理来了吗？"

李筝只好把早就想好的借口说出来："哦，她马上就到，刚刚她打电话过来说路上堵车。"

果然是一个很烂的借口，社长毫不留情地反问："北京的交通天天都堵，明知道要堵车，怎么不早点出门或换乘别的交通工具？"

李筝赔着笑脸说："今天第一天，是该重视的，回头我说说她。"

李筝是主编，经理之下，本来一开始部门成立的时候他就跟陈丽在竞选经理一职，李筝败在不会圆滑处世，奉承领导，关怀员工，陈丽不一样，每个部门的领导都私下送礼，给员工送化妆品等奢侈品，轻松赢得经理一职。

锦华在不远处跟掌心化雪说："早知道陈丽这么不靠谱，当初就不应该投她一票，现在大家都觉得工作没激情，部门人心不一，好难成事。"

掌心化雪说："别气馁，这里不行换别的公司，其实都一样的，她行不行，大家都看在眼里，她的压力也大，这么多双眼睛盯着呢。"

"那天回来她戴着墨镜，一摘下，眼睛都红肿的，像是气急攻心。"

掌心化雪拍了拍她肩膀："大家都不容易。"

半个小时左右陈丽终于到了，戴着宽边毛线帽，穿着黑色羽绒长服，雪地靴，脖子上围着围巾，边走边把白色手套摘掉，远远看过去好像是参加某场首映礼的演员。

社长自然也看到了，看了一眼后他转身就走，避免正面冲突。

陈丽走到李筝面前问："社长来了没？"

李筝说："来了。"

陈丽把包一放，说："我过去打个招呼。"

都是场面话，客套几句，谁都知道心里虚着，但表面上还得装出一片和谐的样子，社长问："今年做的书销量都不好啊，你有别的办法吗？"

"我们三部都在往高大上方向走，一般的作者几乎都不签了，要签就签自带流量的作家，现在这个年代不比以前，品质肯定是要保障的，可也不能做亏本生意啊，一本书连书号与成本就摆在那里，如果不赚钱我也愧对公司。"陈丽一口气说完，气都不带喘的。

"公司的态度你是知道的，半年，半年时间没有赚到钱我们可能就要换人了。"社长不紧不慢地说着。

陈丽脸色一变，但仍然处于淡定的状态说："我明白。"

"之前那个叫周芷康的小姑娘挺不错的，我派人查过她，学历不高，但胜在肯学习，而且她背后的人是杜一，你怎么可以放她走？她就是一个资料库。"

陈丽没想到社长会聊到周芷康身上，她只好说："人各有志，她要走，留是留不住的。"社长不再说什么。

人是自己走的还是被辞退的社长又不是看不出来，公司是很有发展前途的，对于周芷康这样刚入行的人来说巴不得到这样的公司发展，怎么可能自己走？

唯一的答案就是陈丽太强势，又或者感到危机了，把人赶走了。

这就是残酷的职场，斗起来不输宫斗剧。

女人，到底格局不够，怎么成大事？

陈丽万万没想到周芷康转身到了她死对头那里去，丁丁还很看好周芷康，不到半年给她开了一个独立的部门，让她掌管一切事务，从0到100，周芷康做得得心应手。

这天周芷康又跟一个作者约稿，对方开出天价稿酬，她说："姑娘，你也知道，现在整个市场都这样，能出版真的已经很不错了，再说，目前已经没有一家公司会去包装一个作者，自带流量只是保证不亏，没有人保证会赚钱，我们公司目前开出的稿酬相信是比较高的，你也可以自己投一下稿，对比一下，我等你。"

不到一个星期，那作者主动找回来说："周老师，稿子我可以给你，但我有个条件。"

周芷康说："你说。"

"影视版权这一块，我希望保留一半版权。"

"没问题。"周芷康爽快地说，反正都是要有人去做推广，如果作者本身是有这些渠道，那也是可以的。

打印好合同，找领导签字，盖上公司章，寄出，流程很熟悉，几乎每天都做着同样的事情。

下班的时候想起，不久前约好李筝与锦华一起聚一下，还有掌心化雪，几个人都好久没见了，她拿出手机，发信息到他们的小群问：是今天吗？

锦华回复：是啊，今天，你下班了？

周芷康回：马上可以走，今天又签了一本书。

掌心化雪：恭喜恭喜，找对方向了，出来庆祝一番。

李筝发了个笑脸：可别叫她喝酒，你们忘了吗？上次就是喝多了在天桥上唱歌，按都按不住。

周芷康看见抿嘴笑了笑：可以喝，我这次少喝点儿。

李筝：我可不能送你回家了，女朋友问起怎么回答？

周芷康忍不住感慨：才半年，你就有女朋友了，我一直以为我还有机会。

大家都忍不住笑了起来，都知道她跟杜一是一对，谁都知道，这已经是公开的秘密了。

约在人民大饭堂对面的小饭店里，还没进去就听见那里人声鼎沸，十足的人间。

李筝他们先到，周芷康的公司有点儿远，赶过来的时候菜都已经下锅了，她连声说着："对不起对不起，路上堵车了，我还是换乘地铁过来的，你们刚开始吗？"

锦华给她递了罐可乐："刚开始，你先喝口水顺顺气。"

她接过，打开，仰头喝上一口，满足地说："真痛快。"

"好久没见，果然是士别三日，得刮目相看啊。"李筝说。

她一摆手："别取笑我，我可是连一个文字编辑都不及格的人。"

一直不怎么吭声的掌心化雪说："有时候陈老师就是把话说得太满了，这样显得特没家教。"

周芷康脸色一正，道："多吃菜，别光喝酒啊。"

大家又一次哈哈大笑起来。

酒过三巡，李筝说："我最近打算回老家结婚，可能就不回来了。"

全场瞬间鸦雀无声，过了一会，周芷康问："那这顿饭就当是给你钱行了。"

"大家别这样，中国就这么大，又不是在地球上消失，来来来，我敬大家一杯。"说这话时，大家都看不出李筝的情绪变化，但明显气氛就不太好了。

大家都举起杯，一声不吭地把杯中酒喝干净。

放下杯子，锦华说："回去也好，还做这一行吗？"

李筝说："不是，换一行吧，实话，我对这一行已经心灰意冷。"

周芷康大吃一惊，因为李筝在她心里堪比杜一，或许他们之间没有什么可比性，但同样在周芷康心里是地位比较高的人，连他都打退堂鼓，那这一行真的就是夕阳了吗？她说："也许到别的公司会好点儿？"

锦华摇头："整个出版行业被电子市场冲击，已经很少有人真的到书店买书看，买的要么都是教科书，其实教科书不需要我们编辑，只要无限量再版即可，所以这一行，可能真的就这样了。"

周芷康明白大势所趋，不得不趁早给自己打算打算，她又问："那你们呢？"

锦华说："我也准备离开书局，转到少年出版社，那边有人找我。"

周芷康点点头。

掌心化雪说："猫哥找我，叫我跟着他，我跟他聊过，我觉得挺合适的。"

"都挺好的，找到出路，不至于困在死局，替你们高兴。"周芷康把杯子满上，举起来，"今晚不醉不归。"

"会不会玩大了？"李筝想劝她别再喝了，掌心化雪说：

"难得出来一趟，明天又周末，别拘束，都放开来喝。"

锦华提前订好房间："晚上大家就去酒店住一晚吧，大家好久没这么开心了。"

周芷康也打电话给小雨："跟旧同事聚会，很安全，都是兄弟姐妹，你早点休息，我大概明天下午回来。"

放下电话继续喝，锦华感慨地说："其实我挺佩服你的，当初一无所有地来北京，凭自己一己之力硬是闯出一片天空来，我们都还在苦哈哈的打拼。"

周芷康眼中瞬间涌出泪水，她也不知道是被自己感动了还是觉得大家都不易，她举起杯子说："大家求的东西不一样，有梦想的人谁都了不起，我也不知道是什么支撑着我走下去的。"

大家又一阵唏嘘，人各有志，总是聚散有时，一生中总会难免有几次这样的经历，哪有什么天长地久，都是靠心连在一起，天南地北的相聚，终须一别。

十二 细水长流，水到渠成才是爱情

书展持续进行着，周芷康也被调到现场做支援，这天她刚整理好书架上的书籍，一抬头，看见杜一就站在面前，她不敢相信地揉了揉眼睛，真的是他，她面露欢笑："你来了。"

杜一也笑："我来了。"

"什么时候来的？"她兴奋地问。

"刚下飞机就过来了，知道你在这里，来看看你。"杜一说。

"你是来看我还是来参加书展的？"她并没有被高兴冲昏了头。

"有关系吗？"杜一微笑着说。

周芷康这才发现自己问了个好傻的问题，她连忙说："你累了吧，我带你去休息室。"

杜一摇摇头，反问："你累吗？"

不知道为什么，她脸一红，随即摇摇头："不累，我觉得现在所做的一切都是值得的，再累也值得。"

"看到你有今天的成绩，我挺高兴的。"杜一发自内心地说道。

周芷康忽然想起了什么，她问："那天跟你视频，看见你吃了好多药，都是些什么药？"

"不要紧的，年纪大了，总要吃点儿保健品，不用大惊小怪。"杜一安慰她道。

"你是不是有事瞒着我？"周芷康看着他眼睛问。

"怎么会呢？"杜一否认。

"那为什么吃那么多药。"周芷康揪着这个问题不放。

"唉，你就是这样，连一点儿隐私都不留给我。"

周芷康知道在这里不方便再问下去，便说："中午一起吃饭？"

"当然，酒店都订好了，就等你了。"

"我可以请一天假……"她话还没说完，杜一就打断她的话说："我会在这里待上一周，不必急在一时，你工作要紧。"

"你是来出差的？"周芷康又问道。

杜一忍不住伸手刮了一下她的鼻子："你啊，一点儿都没变，打破砂锅问到底。"抬头看了一下四周，见人越来越多，便说，"我到处转转，十一点回来接你去吃饭。"

"好。"

看着杜一消失在人群，周芷康又忙碌起来，见有人上前便询问："要找什么书？我可以代劳的。"服务一流，完全投入工作状态。

很多人不知道她就是书本幕后的制作者，更不知道她本身也是一个作者。

忙碌的一个早上，同事吃完饭回来跟她说："你去吃饭吧，这个时候大家都去吃饭了，人会少点，我来看着就好。"

周芷康抬头看了看，人流确实是少了很多，她给杜一发信息：我这边可以了。

杜一秒回：我马上到。

远远看见杜一过来，她拿起包迎上去："去哪吃？"

"去了你就知道了。"

周芷康主动说道："我有两个小时吃饭。"

杜一笑而不语。

虽然是冬天，可是今天外面的阳光不再像冰箱里的灯，照在身上居然感到有点儿温暖，周芷康微闭着眼睛深呼吸一口气:"空气真好。"

"在北京还习惯吗?"

"挺好的,除了想你的时候。"

杜一看着她满眼温柔,他带她去吃唐宫,里面都是一些粤菜,杜一点了一桌子菜,看着陆续被端上来的菜,周芷康问:"还有别人?"

杜一说:"没有,就我跟你。"

她忍不住惊叹:"哇,这么多菜?两个人吃得完吗?"

"听说你为了省钱,偶尔加班的时候会吃方便面?以后不要了,你没钱可以问我拿。"说完掏出手机又是一顿操作,完了后他说:"我打了一万元给你,不用替我省着花。"

"可是,你这样对我,我可能会腐败啊。"

"那有什么,你尽管腐败好了。"

她脱口而出:"我们毕竟名不正言不顺的……"

"谁说的,我早就认为你是我女朋友了。"

女朋友三个字像个小型炸弹一样,在周芷康心里激起层层浪花,她努力掩饰着心中的激动,微笑着说:"小雨一直问我有什么打算,我说嫁给你也是我的计划之一,不过我现在想在事业上加把劲儿,不知,你会不会等我?"

杜一深情地看着她,道:"我等你。"

"谢谢你,你会不会觉得我很麻烦。"周芷康觉得既然确定关系,应该两个人在一起,日夜相对增进感情才对。

杜一却说:"我可以有半年以上在北京,上海那边交给别人去做好了。"

周芷康一听,心中一阵狂喜,一个男人只有真正爱上才会这么迁就一个女人,他在金钱方面毫不吝啬,他愿意给她最好的，因为认定了她，不再犹豫与纠结，必须要捧在手心好好宠着。

但同时周芷康又觉得有点儿不好意思，她说："其实我一个人也挺好的，我都这么大人了，会好好照顾自己。"

"先别说了，快吃饭吧，再不吃菜都凉了。"杜一夹了一块鱼给她，"吃多点，太瘦了。"

周芷康嘀咕："男人不都是不喜欢胖的女人吗？"

杜一一副无奈的表情。

她真的已经很努力吃了，可菜好像会自动长出来一样，怎么吃都还是那么多，最后她看着一桌子菜，似乎都没怎么动过一样，她瞬间想起皇帝的餐桌，菜摆满了桌子，皇帝每个菜都是浅尝几口就不吃了，满满一桌到最后也好像是没动过一样，她说："还有那么多菜，好可惜啊，浪费了。"

杜一问："你饱了吗？"

她回答："饱了。"

杜一笑了笑，说："饱了就不算浪费了。"

最后结账离开，她还恋恋不舍地看了那些菜一眼，杜一建议："不如打包回去分给同事？"

周芷康说："也行，免得浪费了，这比他们吃的快餐好吃太多了。"她连忙招呼服务员拿打包盒过来，看着她兴高采烈的样子，杜一的心莫名其妙地抽了一下，他知道那是疼痛的感觉。

她真的跟别的女孩不一样，她懂事、节约、好客、又热心，是难得的好品质，他暗暗发誓，一定要守护着她到老。

一路回去的时候，周芷康都沉默不语，他问："在想什么呢？"

周芷康抬头笑了笑，说："在想你啊。"

杜一伸手搂过她的肩膀，温柔地说："我不是在吗？"

周芷康满足地靠在他身上，笑意渐浓，她暗忖：我何德何能，居然得到杜一的眷顾，如果真有佛光普照，那也是因为自己本身就很优秀吧，杜一就是我心中的佛。

十三 有江湖就有江湖的规矩

杜一马不停蹄地跟业界的几位老大见面，他首先见了猫哥，这家伙一见到杜一就笑得像花儿一样，伸出手就握："太难得了，小小一个书展就把你招来了。"

"你真的认为我是奔着书展来的？"杜一觉得猫哥有点儿太不把自己当回事，怎么说周芷康也是他点名交给他的，怎么到了书局那边却受到这样的待遇？后来才知道，猫哥的人不靠谱，归根到底是自己不靠谱，居然把周芷康交给他。

猫哥也知道他来肯定是有事，也不打哈哈了，坐下来严肃地说："你是为周芷康来的？"

杜一点头："嗯。"

"这事也怪我，陈丽那边如果她能待下去也是不错的，至少跟国家单位一样，稳定。"

杜一看着他不说话。

猫哥有点儿尴尬，只好继续说："陈丽也没办法，她要组织一支有实力的团队，不是说周芷康不好，相比于直接可以对接工作的编辑，她确实是差了点。"

"她知道芷康的背后是我吗？"杜一淡淡地说。

猫哥说："我跟她提过。"

"太傲了。"

猫哥不确定地问："你说陈丽？"

"是，谁刚接触这一行的时候不是新人呢？她大概是忘了自己刚入这一行的时候，你怎么苦心培养她的吧？现在翅膀硬了，感恩没学到，就先学到恩将仇报？"

猫哥干笑道："哪有那么夸张，也是为势所逼，我能理解，她急于上位，或者是保存自己的位置，才会这么做的，她也不是没给周芷康机会，三个月过后还是不行，那也不怪她。"

杜一眯了一下眼，说："你的意思是说周芷康自己不争气咯。"

猫哥现在觉得怎么说都是死路一条，这根本就是一道扯不清的送命题，他只好转移话题，说："难得来北京，我们今晚就去横江大酒店不醉不归，都算我的，赔个不是，你大人有大量，千万别见怪。"

杜一想都没想便拒绝了他："今晚我有事，不能陪你了。"

猫哥也不勉强，他问："来北京待几天？"

"过几天再走。"杜一也没说确定的日期。

"改天到上海再约。"猫哥也知道，做事情没做好，能坐下来谈已经算不错了，再严重一点，估计会被杜一踢出他的圈子，有句话叫适可而止，他懂。

杜一说："改天再约吧，这次行程有点儿紧。"说完拿起外套走了出去。

猫哥送他到电梯，握手道别。

人一旦客套起来就显得有距离感，而有些人则好像跟谁都很熟一样，周芷康见过一个职场女性，生活中混乱不堪，对别人的生活指手画脚，说这些不好那里不行，自然有人觉得她有病，可她就是改不了，参加一个酒会，加了几个老板的微信，就在微博跟别人隔空对话，发什么内容都艾特一下对方，微博这种地方本来就开放的，别人堂堂一个上市公司老板自然不会理会这种飞扑上来的女人，她不甘心啊，除了撩老板还会撩自己的下属，本身她就有老公，有孩子，偏偏孩子的什么事都发个朋友圈，与微博同步，她同步就同步了，还刻意艾特一下她的下属，毕竟是上司与下属的关系，意思意思地点个赞，回复她两句，她偏偏不懂得适可而且，反而变本加厉，搞到最后其他同事看到了还以为女上司跟他有不可告人的秘密，不认识她的人都以为她老艾特的那个男人是孩子他爸。

为避免误会，很多人都不会逾越那条线，只有愚蠢的人才会把人与人之间的关系搞得很糟糕，又得不到任何好处。

杜一与猫哥也一样，杜一把周芷康交给他的时候，就已经注定了他们未来的关系。

把事情办妥了，友谊长存，把事情办砸了，到此为止，也许以后还会有合作机会，但谁都可以被替代的年代，说抛弃就抛弃了，把单子给你做，不是非你不可，而是关系不一般才把单子给你。

这就是江湖，杜一很庆幸，周芷康不在这个江湖上。

江湖啊，总有应酬不完的饭局，总有惺惺作态的嘴脸，他厌恶，可是身不由己。

难得周芷康没被江湖所沾染，仍然专注自己的领域，不走捷径，凭实力一步一个脚印走出自己的路，底气可以让一个人活出自我，而粉饰人生的人最终会活成小丑。

杜一站在周芷康的书展档位前面，看着她忙着给客户介绍书籍，以及找书本的身影，他含着笑静静地站在那里，那一瞬间他想到了一个词，美好。

周围都是嬉闹的人群，而她就像一团光，吸引着他的目光，周围的人渐渐模糊不清，直至变成一个影子，而她却越来越清晰。

周芷康感觉有人盯着她看，一抬头，看见杜一就站在不远处，她一愣，随即笑起来，跟旁边的人说了句什么，便朝他走过来:"来很久了?"

"没有,看你在忙,不敢打扰。"

"也快结束了,这三天会忙一点。"

"如果这时候都不忙,那书展就真的没意义了。"

周芷康问:"他们都说现在做书是夕阳行业,你怎么看?"

"条条大道通罗马,只能说看你们怎么玩而已。"

周芷康眼睛一亮:"说来听听?"

杜一看了一下四周,然后伏在她耳边嘀咕了几句,周芷康频频点头赞同,然后脸上的笑容越来越灿烂,最后掩嘴而笑,眼里全都是光。

十四 出版行业越来越难做？

周一是公司例会，所有人都要参加，总结上一周，展望下一周的工作。

丁丁坐在中间位置，周芷康抱着自己的电脑进来，坐在丁丁左手边的空位上，她现在是一个部门的经理，足够有能力坐这个位置。

会议开始了，丁丁首先说："很感谢各位同事帮忙，书展的工作才能顺利完成，业绩提上去了，大家是有什么想法吗？比如发奖金，或公司组织去旅行？"

大家沉默不语。

丁丁继续说："大家都知道我是比较民主的，也可以分为两种，如果手上有工作的，可以选择折现，我把钱发到你们工资卡上，如果想出去走走，看看祖国河山的，我也可以安排下去，大家出去玩一下，联谊同事之间的感情。"

周芷康说："我比较喜欢工作。"杜一给她的钱，她没动，第一是舍不得动，第二是觉得自己赚的钱已经够花了，没必要动。

丁丁投给她一个赞赏的目光，其他的同事有的选择去玩，说整天在办公室待着太累了，不如出去透透气，有的还是沉迷工作无法自拔。

散会后，丁丁把周芷康叫到办公室，等她来了关上门，丁丁问："听说杜一米了。"

周芷康一惊："你怎么知道？"

丁丁看了看窗外，外面阳光明媚，春天似乎来了，她说："你怎么不跟我说一声，我好安排一下工作，你就可以放几天假了。"

周芷康摆手："不影响我工作，他也有事忙，我们都那么大的人了，整天在一起也腻。"

丁丁忽然笑了一下，眼神也变得特别温柔，她说："听我一句劝，男人耐心有限，他难得来一趟，你抽空陪陪他，去景点走走也好，公司不是家，主次要分明。"

周芷康当然知道她说的有道理，但一向她不是花痴，很难主动做些什么，甚至她很爱他，但她也会装作毫不在乎的样子。

见她不说话，丁丁擅做主张批了她三天假，然后把假单签好字拿给她，说："顺便替我向他问好。"

周芷康拿着假单一下子有点儿恍惚，她只好说："一定一定，谢谢你！"

丁丁拍了拍她的肩膀："别想太多，没有讨好的意思，一切都是心甘情愿，水到渠成。"

周芷康忍不住重复念着："水到渠成。"

"对，就是水到渠成。"

周芷康看了看手表，看还有大半个下午的时间，把调假单拿到人事部之后，立马召集部门的人开会，主题是：怎样把夕阳行业做起来。

临开会之前她发信息给小雨：杜一来了，这三天恕我不能回去陪你吃饭了。

小雨秒回：也不用回来睡的，我懂。

周芷康拿着手机忍不住笑了起来，回她一个字：滚。

小雨又回：最好三年抱俩啦。

周芷康收起手机，抱着电脑往会议室走去。

会上她说："有人形容图书是夕阳行业，实体书店已经关闭百分之八十，没关掉的那些也都已经以书、文具、咖啡、蛋糕店的整合模式出现，大家怎么看？"

小赵说："线上阅读已经占领了市场，只要人手一部手机就能满足人们每天的阅读量，以后更少人去买实体书来看，还有，几乎有百分之八十看床头书的人也换成了看手机，所以真的不好说，我觉得还好公司有远见，先开创了电子书渠道，要不然就真的只能等下岗了。"

周芷康点头，并不着急发表意见。

小钟说："所以现在很多出版公司都找影视公司合作，大概就是先把作者的所有版权，包括有声版权都买断，然后找影视公司，影视公司看中了之后就跟出版公司合作，这样一来，一本书的利益大概分下来，出版公司占20%，也够撑半年的开销了。"

"价格都透明吗？"周芷康问，她没接触过影视公司，所以不知道行情。

小钟说："价格都是可以谈的，如果影视公司意向大，又很渴望得到的话，就可以适当地提高价格，不过回款的周期也挺长的，很多影视公司都会先付一部分的钱，到了上映的时候再付剩下的余款。"

周芷康点头："那跟出版一本书差不多，我能理解。"

小钟又说："还有可能排队的时间会很久，更有可能拍摄完了还会流产，之前有一部电影就是这样，拍好了，也发了预告片，结果硬生生就被下架了，具体原因是什么不太清楚，总之上映日期改了又改，最后不了了之，估计是不会再上映了，这期间拍摄的时间、演员的片酬等都还没算进去呢，大家都觉得可惜，也没办法。"

周芷康分析："投资电影就是像投资生意一样，都会有风险的,把控好关键词,比如:涉黄、性取向、道德观、日本人洗白等嫌疑,踏线与打擦边球得有技术,不要被别人看出来才算是高明,所以都不容易啊。"

小钟问:"我们要涉及这一块吗?"

周芷康眼球一转,面带笑容地说:"当然,人家都已经起步了,我们还在原地踏步,等我回来就成立三人一组,专门去跟影视公司谈合作。"

小赵问:"周老师是要出差吗?"

周芷康没有正面回答,而是说:"我不在的这几天,大家也要汇报工作,该下印的下印,之前谈好的作者记得催稿,还有,我们要在下个月前赶出那套系列书,发行那边已经打过招呼了,全国铺,线上线下结合,约作者巡回签售,有不明白的随时找我。"

小赵说:"作者对巡回签售的费用有争议。"

周芷康说:"那你问问她是想要名还是要利,我们现在可以给他名,利自然就跟着来了,如果她坚持,那就取消签售,让她自购两千本。"

小赵迟疑:"那不太好吧?"

"合同上写得清清楚楚的,书本上市后配合本公司一切商业活动,继而得到相应报酬,我们不会让她亏,但做人得讲究良心。"周芷康有点生气了,这个作者是她一手挖过来的,当初签约的时候说得很清楚,人不能忘本不是吗?如果是大咖自带流量,我不会说什么,现在不是还没火起来吗?就要求那么多了?我还想不上班就有工资拿呢?世界上哪有那么好的事?好处都让你拿了,别人拿什么?

小赵领旨办事去了。

十五 这世界还是好人居多

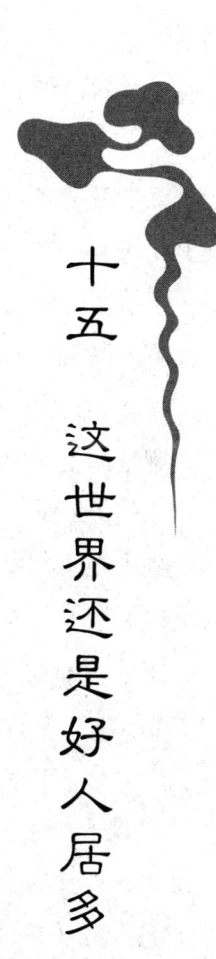

陈丽最近下班很晚才走，集团的会议她也都参加，在公司也最后一个才走，放在桌子上的电话因为没带到会议室，响了一遍又一遍，终于安静下来不响了，整个办公室灯火通明，没几个人值守，李筝因为要交接工作，他也经常加班。

锦华路过他座位的时候说："筝哥，早点回去，晚了又赶不上地铁了。"

李筝从一堆稿子里抬起头，托了托架在鼻梁上的眼镜说："没事，你先回去，路上小心。"

"那明天见！"

锦华都走了，剩下李筝跟掌心化雪在那，两个男人都不爱说话，闷头工作。

到了晚上九点，开会的人陆续都回来了，李筝跟陈丽说："你电话响了很多次。"

陈丽笑着说了声谢谢，拿起电话看到是妈妈打过来的，又打回去："喂，嗯，刚刚开会呢，没接到电话，孩子怎么了？"

"孩子发烧了，打你老公电话也没接，你们这些做大人的怎么搞的？还要我一个老太婆三更半夜给你送医院去吗？"陈丽妈有点生气了。

陈丽在会议上被批评，现在又被说教，感觉有点儿压着喘不过气来的感觉，她说："我说过孩子给爷爷奶奶带，你要接过来带几天，我也没说什么，生病了我能控制吗？我自己的身体生病都不能控制，更何况是孩子？"

陈丽妈觉得陈丽有点不讲道理了，于是说："你和我发什么火，我不是想孙子了吗？不用你了，我现在就带孩子去医院。"

准备挂电话的时候,陈丽说:"等等,我回来跟你一起去,或者直接到人民医院集合吧。"

听她这么说,"明博现在怎么了?你们还在闹啊?"

陈丽边收拾东西边叹了一口气,说:"妈,以后你有什么事打电话给我,不用再打给他,我现在赶回来,就这样。"

"就是打给你没接才打给他的啊。"陈丽妈有点无奈地说。

"以后我天天把手机带在身边好了吧?就这样吧,我快到楼下了,你先打个车到人民医院,咱们到那边会合,记得带上手机,别落下了。"陈丽忍不住多叮嘱了几句,老人家年纪大了就有这丢三落四的毛病,时刻要盯紧点。

结果到医院的时候,陈丽打电话给妈妈,电话响了,但没人接,医院门外漆黑一片,里面却灯火通明,人潮汹涌。

要在这样一个地方找一个人,不是不可能,但得费点时间,陈丽又拨打了妈妈的电话,心想:该不是太吵听不见电话响吧?

没想到电话很快被接了,她听见话筒中传来一个陌生男人的声音:"你好,我捡到了这个手机,应该是一个带着孩子去医院的阿姨留下来的,我现在折回医院,你在门口等一下好吗?"

果然,陈丽就知道她妈妈总会在忙乱中出点小错误,她已经习以为常,见怪不怪了,耐心等到那个司机把手机送回来,再三感谢之后,终于看见妈妈抱着孩子气喘吁吁地跑出来,一看到母亲在寒风里仍然累得额头冒着细小的汗珠,她便不忍心责备,伸手抱过孩子,把手里的电话递过去:"这个世界还是好人居多,人家把电话送回来了。"

陈丽妈接过电话，伸手擦了一下汗，拿着缴费单说：“急诊也要排队，真是急死人了。”

陈丽抱着孩子往前走：“这年头除了火车站，医院是人最多的，妈，你跟着我，别再走丢了。”

陈丽妈跟着她后头说：“得了，你就抱着小孩，我晓得自己照顾自己。”

“这无端端的怎么发起烧来了呢？”陈丽腾出一只手摸了摸孩子的额头，感觉烫得吓人。

陈丽妈说：“也许是换季了，孩子娇弱，生病发烧是正常的，你小时候也经常发烧。”

“是啊，老一辈的人常说，发烧感冒是要长高的。”

“不要听这些乱七八糟的，根本没有科学根据，都是安慰大人的话，你好歹也是个文化人，这些话你也信。”

“哟，妈，你啥时候这么理智的？”陈丽抱着孩子感到吃力了，用手托了托孩子，往上紧了紧。

听到这话，陈丽妈开始有点儿得意了，她说：“我也是过来人，知道很多小孩因为发烧而没有得到及时治疗会烧坏脑子的，人都烧傻了，还长高，长高有什么用？不就变成高大傻了吗？所以要结合切身情况，不要人云亦云，在我面前说说好了，在外面跟别人说，别人会觉得你没带脑子出来，多丢脸。”

有时候陈丽妈说教起来一套一套的，陈丽不得不服，跟她偶尔丢三落四的坏毛病相比，这真可谓算是优点了，很多时候陈丽觉得在这方面遗传了母亲。

在等候就诊的时候，陈丽妈又问：“听说你把一个刚来北京找工作的小姑娘开掉了？”

"妈，怎么这种事你也知道。"

陈丽妈道："俗语说好事不出门，坏事传千里。"

"按您的意思，我这是坏事？"

"这不重要，重要是你忘了当初你出来的时候，前辈对你的照顾与关怀啦？别人说你忘本不重要，但做人不能没有良心啊。"陈丽妈说。

陈丽深呼吸了一口气，强把心中的不爽压下来，然后跟她说："时代不一样了，妈，教我的那位师傅德高望重，那时他不会面临裁员、调岗等压力，我现在为了保住自己不被别人拖后腿，必须把那些可能性控制在摇篮里，别怪我心狠手辣，确实是我现在连生存都感到压力，你试想想，如果因为她一个人拖垮了我们整个部门，业绩上不去我就会被问责，被调岗，可能会下来，更坏的可能是被裁掉，我一个中年妇女，又供车又供房，还带着个孩子，上有老下有小的，伤不起啊。"

一番话让陈丽妈听得目瞪口呆，她一直以为女儿在职场是叱咤风云，要风得风，要雨得雨的，没想到她会有这么大压力，这时她才有时间好好打量一下眼前奔四的女儿，两鬓隐藏着几根白头发，前段时间还因为上火的原因，眼睛周围长了几颗痘痘，要戴太阳镜来做遮挡，今天看她抱着孩子往前走的姿势明显有点力不从心，才发现那个健康活泼，好像永远年轻的女儿不见了，她才知道岁月并没有饶过谁。

她试探着问："出版业现在真的那么不景气吗？"

陈丽点点头："电子市场的出现，对传统行业的冲击不小啊，以前人们除了看电视，至少会看纸质书，可现在手机不离手的年代，书似乎变得又笨又重，没多少人愿意买书、看书了。"

陈丽妈忍不住点了点头："是啊，我们街口那家书店都改为蛋糕奶茶店了，真的不比以前了，以前坐地铁，至少会看到有座位的人会拿出书来阅读，现在都是拿着手机在刷屏，连看电子书的人都没有了。"

"看书可以静心，但只有静下心来才会想着去看书吧。"陈丽无奈地叹了一口气。

陈丽妈担忧地问："那你有什么打算？做了十几年的行业，想着转行吗？你还会做什么啊？"

陈丽抱着孩子，看着墙上的号码屏缓慢地滚动着，她无奈地说："现在不是还没下来吗？你着什么急？"

陈丽妈解释道："这叫未雨绸缪，等你真下来了就来不及了。"

陈丽叹了一口气："我在国外待了那么长一段时间，不可能让自己饿死的，再不济我回去当老师可以吧？现在流行各种培训班，找几个朋友合伙投资也是大有出路的，钱嘛永远都赚不完的，可是做出版是我真心喜欢的一个行业，哪怕现在很多人都转行或正在转行，我也没放弃，准备跟出版业共同进退到最后一刻的。"

陈丽妈还想说什么，陈丽已经抱着孩子起来："到我们了，先把孩子安顿好，我才有精力往前冲。"

陈丽妈拿着孩子的东西跟在后面。

医院这种地方永远不缺人，哪怕已经拿着号码牌，轮候的时候，医生面前还站着两三个患者等候着，护士抱歉地解释："晚上值班医生少，患者多，这种情况已经持续很久了，麻烦您再耐心等候一下。"

陈丽点点头，低头看了看怀里的孩子，不知道他是因为困了还是病得昏昏沉沉，总之睡了过去。

好不容易轮到他们，又是一轮检查与拍片子，医生还开了吊针，这一打就得好几个小时，陈丽问："不是说现在不打针了吗？怎么还吊起水来了？"

医生看了她一眼，解释道："孩子烧得那么厉害，降温的最佳办法就是打针，你可以选择不打，但孩子有什么别的问题你可不能找我麻烦。"

这也算是一个负责任的医生了，耐心解释了一番后，还给予对方温和的劝告，打不打都是自愿的，陈丽也知道孩子烧得比较厉害，她说："听医生的。"

孩子温顺地躺在怀里，她拿着热敷给她敷在打针的手臂上，避免输液的时候把孩子的血管凉着了。

一夜就这么过去了，等拿到药的时候天边已经亮出鱼肚白。

她说："还好今天是周末，可以回家好好休息一下。"

陈丽妈连忙附和："要不你也搬过来跟我们一起住吧？好有个照应。"

陈丽拒绝："你那儿离公司远，我经常熬夜，难得第二天可以多睡十分二十分钟，才不要呢。"

陈丽妈叹气："还是嫌弃了。"

陈丽无语："这都哪跟哪啊，我要拼事业，孩子也是暂时放在你那养着，你说你一个人住也挺孤单的，要不你搬过来吧？"

"我嘛，还是习惯了住在胡同里，这辈子就这样了。"

陈丽笑道："是舍不得陈大爷吧？"

陈丽妈急了："嘿，你这孩子！"

听她这么一说，陈丽仿佛回到了童年的时候，时间真快啊，一瞬间已经到了中年，人生其实很短，仍然记忆犹新，时间在指缝中溜走，一点痕迹都没有。

往事历历在目，转身却已年过半百，不由得让人感慨。

十六 我希望浪漫的限期是永远

书展时期休假，估计周芷康是第一人，没办法，人一旦做出成绩出来，总会得到某些特权，安心休息吧。

接她下班的时候杜一说："我知道一家法国餐厅的菜很好吃，带你去试试？"

她侧了侧头，问："你似乎对北京很熟悉？"

"以前在北京住过一段时间，房子就在长安街，你今晚就可以搬过来住。"

周芷康一愣，她没想过这么快就要跟他住在一起，正常的拍拖程序不是应该约会—吃饭—看电影—逛街—去旅游，回来再顺理成章地住在一起吗？

见她犹豫，他笑了笑："先去吃饭吧。"

周芷康点点头，暗忖：男人都这样吗？

其实她是很愿意跟他一起住的，可是一想到两个人相处，多少会有摩擦，这么快住在一起，过早地适应了夫妻生活，担心到日后还没走到婚姻殿堂就分了。

很多问题都是同居后才发现的啊，她渴望天长地久，所以眼下这个局让她有点小小困惑。

吃饭的餐厅很安静，悠扬的音乐若隐若现，杜一叫了支红酒，两份牛排，还有若干水果、糕点，东西上来后，他说："你试一下，这里的黑森林蛋糕出了名的松软，还有草莓果酱，真的很诱人。"

周芷康看着满桌子的食物，知道他是真的希望把最好的东西都捧到她面前，她拿起勺子，挖了一小勺草莓酱放在面包上，吃了一口，感到满口都是草莓的香味，她在想：如果恋爱是有味道的话，应该是草莓味的吧。

杜一很认真地看着她，问："怎样？"

周芷康点点头："味道很好，是请了国际知名大厨来坐镇的吗？"其实她对甜品没什么研究，不过做了那么多本书，看小说都知道在这种情况之下，应该适当地问一些有水准的话，可以避免冷场与尴尬，又有话题可以聊。

杜一见她这么问，也点点头："是国际知名大厨的徒弟，做到八成以上才能出师，所以水准是不用怀疑的，你再试试这红酒？"

知道杜一宠爱她，她也贪杯，忍不住拿起酒杯浅呷了一口，入口果香浓郁，她陶醉地微闭着眼睛，很久没喝过这么好的红酒了，忍不住细细回味了一番，放下杯子的时候感觉他在看她，睁开眼确实看到他微笑地看着她，她忍不住笑了笑："有什么好看的？"

他轻轻地说："好看到看一辈子都不够。"

时间仿佛静止了，她听不见餐厅的音乐声，也听不见别人的说话声，耳边一直回响着那句：看一辈子都看不够。

良久，仍然感到荡气回肠，然而，放在桌子上的手机却不合时宜地响了一声，她拿起来一看，原来是小雨发来的微信，她问：方便接语音吗？

在北京比较落迫的时候是小雨接待了她，她以为小雨有什么事，连忙跟杜一说："我有个电话，要回复一下。"

杜一绅士地做了个"请"的姿势，她拿着手机走出去，到了外面，给小雨拨了个电话，小雨秒接，然后吐槽："真的不吐不快，忍不住跟你讲讲。"

周芷康温和地说："你说。"

"你知道我快三十五了，这不重要，重要的是公司空降了一个二十六岁的男孩，毕业才几年，对我们这些老员工指指点点，我们都忍了，还有，半个月前他叫我做个PPT，我会做简单的，但排版布置，设置画面那一环我是比较弱的，离提交前一个星期交给他了，他一直没说有什么问题，明天要用，今天他才跟我说用的色调不对，排版布局不太合理，然后自己在那加班到七点半，帮我修改，改完后给我发一条信息，说：对自己要求高点儿，这样别人也不会那么累。他大爷的，什么叫对自己要求高点儿？我是觉得满意才发给他看的啊，如果有什么问题再提出来完全有时间修改，为什么要这样？哪里不好也不说，把我PPT全改了，内容不变，按照他的风格重做，不累才怪。"小雨一口气不带喘地说完。

周芷康沉着气说："等等，你是说你一个资深主编被一个小男孩欺负了？"

"能不能不用欺负这个词？"小雨明显感到生气了。

"得，他能做到那个位置，肯定也有他的能力，如果他觉得不好，那可能就是真的不够好。"话还没说完就被小雨截了去："我真不该打这个电话。"

周芷康只能再把声音放温柔点："别啊，你听我说完，我的意思是，你现在需要安慰，可安慰解决不了问题，人都是有先来后到的嘛，你在公司那么久都没升上去，人家一来就做你上司，年纪还比你小，你肯定对他个人有意见，只是平时没机会说，然后你们现在也都还在磨合期，他也知道再叫你修改需要时间，到时候修改出来的未必会让他满意，不就更麻烦嘛，于是就一声不吭地自己亲自上阵了，发现修改完浪费了自己很多时间，忍不住跟你说一下，以后做PPT自己做好点，做得虽然不满意，但至少要有进步对不？所以就发个信息给你以警示，依我看这只不过是工作的一些小问题，换个说法，如果他是有名的,年纪比你大的,能压得住你的,这么跟你说两句你肯定没情绪,就因为他刚毕业出来没多久,工作经验不如你,资历没你高,所以你才不服他,不肯承认他做得比你好,对吗?"

小雨听周芷康这么一说,终于承认自己是自尊心作祟,年纪大总希望得到别人的尊重,况且PPT真的不是她的强项,这不是拿她来开刀的意思吗?当然,她也终于承认自己上升的空间还很大,瞬间就舒服了。

她问:"你还跟杜一在一起啊?"

"嗯,我们在外面吃饭。"

"那不打扰你了,吃多点。"小雨最后那句是笑着说的。

与此同时,杜一也给丁丁打了个电话,知道了周芷康一些日常工作之后,他说:"可以对她严格点,她也想进步,这么下去她会骄傲、膨胀,这不是我想看到的。"

丁丁严肃地说:"我明白了,杜总。"

"无须让她知道我给你打过电话,公司的事你做主。"

"是。"

"有空约出来吃个饭,我要好好感谢你的。"

丁丁客气地说:"不敢当不敢当,应该的应该的。"

"不用客气,好好感谢你也是应该的,她到你公司来的时候也真的是什么都不懂,现在是看着她成长,我也感到欣慰。"杜一心怀感激地道。

听他这么说,丁丁也不好意思再拒绝了,只好说:"等杜总的电话。"

看着周芷康推门进来,杜一说:"那就这么定了,到时候通知你时间地点。"

丁丁也是女强人性格:"好,到时见。"便挂了电话周芷康回来，落座，杜一问："事情都处理好了？"

周芷康回答："嗯，小雨，你认识的，最近她有了中年危机。"

"哦？比如？"

周芷康想了想，托着腮问："你说三十五岁以上的人都去了哪里？"

杜一没想过这个问题，因为年龄与金钱一样，在他这里都只不过是一个数字，他反问："都去哪了？"

周芷康分析："要么就做了公司高层，要么就独自创业，要么就混得不太好，在公司打酱油，没有存在感，感觉小雨开始焦虑了，她想独立门户，可又不知道自己除了做书还可以做什么，这种高不成低不就的无力感让她烦恼。"

"每个人都会经过这个阶段，不光是小雨，你跟我都会。"杜一温柔地说。

周芷康说："你把自己管理得很好，银行有存款，房子有好几套，拿来收租也好，卖掉也好，总之你不会为生活担忧，但小雨不一样，她没存款，没男朋友。"

杜一伸手把一份三文鱼递给她，然后说："傻瓜，中国有句话说得挺好的，船到桥头自然直，很多事还没到结尾，不用急着下结论，各人修来各自福，先吃点东西，别把自己饿坏了。"

周芷康接过："我明白，身体是革命的本钱，如果把身体熬坏了，那就真的是什么都没有了。"然后乖乖地吃起来。

看着她关心别人而焦虑的样子，杜一是心疼的，她还是太善良了，而没有感觉到自己也会有中年危机，如果她不是遇到自己，会过着一种怎样的生活？

他在想：其实中国，乃至全世界都有很多类似周芷康一样的姑娘，善良而美好，为别人操心，自己的事又经常一笑置之，明明很不开心，但又安慰自己，没什么大不了，天还没塌下来呢，很在乎工作，但如果此地不留人的时候，她又会安慰自己，此地不留人，自有留人处，有什么事都自己一个人扛，很少去找人倾诉，以为自己可以撑起一片天空，却不知道有些事还不如别人张一张口，但这种姑娘的身上那股韧劲才是她们的闪光点，乐观的性格与积极向上的心态是多么难能可贵啊，其实她们大可以随便找个男人嫁了，随便找份要求没那么高的职业做到老，但她们不肯随便，这便是她们吸引别人的地方。

而周芷康却在想：今天的晚餐真的是太完美了，如果浪漫有时间，我希望是永远。

十七 愤怒不是解决问题的办法

时间过得快，可是亲身经历过才知道，时间真的过得特别快，一年到头，好像才刚刚过完中秋节，马上又迎来了农历新年，中间的时间都去哪里了呢？

中秋的时候周芷康没回家，过年放长假，她抽空回家一趟。

晚饭后与父母闲话家常，看见父亲在一旁抽闷烟，她小心地问母亲："怎么了？老爸打麻将输了？"

母亲努努嘴："他不想你跑那么远，说在广东发展也挺好的，一个女孩子跑到北京去算什么话，你不在的时候他可是天天念叨着你，你回来了又摆着个臭脸，给谁看啊。"

虽然是压着声音说的，不过这屋子就那么大，要听还是能听见的，周芷康连忙扯了扯母亲的衣袖："别说了，怎么越说越多了？"

母亲凑过来，在她耳边说："这老头还上脸了，你在外面一整天他就知道拿着个电话看，还念着，电话是不是坏了，怎么没人打电话给他，有一次他的旧同事打电话约他吃饭，他一听不是你，饭也不吃了，就说先挂了，在等闺女电话呢，你说他，怎么就不晓得自个打个电话给你。"

周芷康心里不知道啥滋味，只好说："他是担心我在上班，不方便接电话吧。"

"可不是，有一次下午四点，我在准备晚饭的食材，他就打电话给你了，我一听就来气了，我说你在上班呢，没啥事别乱打电话，如果在开会，接你电话还是不接，他倒无所谓，乐呵着说，闺女接我电话了，我就告诉她，她给我买的补品收到了，就几句话，不耽误工作，你说气不气人，像个孩子一样。"

周芷康偷看了一眼看着电视的父亲，他又老了，头发已经全白，发际线越来越高，身子也没以前那么硬朗，但精神看着还不错，心里稍稍有点安慰，本来应该是父母在不远行，可她正因为父母都健在，所以拼尽了全力想在外面闯出一番天地。

母亲又说："你那回打电话回来说在北京待不下去要回来，他可着急了，一个劲儿问我你在那边钱够不够花，动不动就去银行拿钱回来，让我把钱给你哥打到你账号上，你也知道，我们没有微信，也没有支付宝，很不方便，我就拿着现金去找你哥，后来想想不行，你哥到时候问起怎么给你那么多钱，他却没有，我们也没法交代，于是就没去。"说完，母亲起身，走到房间拿出一个袋子，把袋子交到她手里："一万块钱，是这么久以来一直想给你的，你带着，钱不够的时候拿出来用。"

周芷康眼眶一红，鼻子一酸，眼泪夺眶而出："妈……"然后泣不成声。

母亲心疼地拍了拍她手背："这有啥啊，你是我们闺女，都是应该的，别哭，你爸有退休金，不用担心我们，哟，怎么还像个孩子一样哭呢？"说过抽起两张纸巾给她擦眼泪，"别哭，待明天让你哥哥嫂子看到了不好。"

周芷康抽泣着说："我一直以为你们偏心，就知道疼哥哥，我……"

母亲宽容地笑着说："都是同一个爹妈生的，手心手背都是肉，哪有什么偏心不偏心的？在眼皮底下是忽略了点，你倒好，一转身跑了那么远，都不知道父母担心。"

周芷康擦干眼泪，带着哽咽的声音说："我现在好了，已经在带团队，很快就会升职加薪，你们不用为我担心，而且现在杜一是我男朋友了,我没带他回来是因为他工作比较忙,一年中他有一半时间到北京来,你不用担心。"说完掏出手机打开相册,指着一个身材略显强壮,戴着眼镜,又风度翩翩的男子说:"他就是杜一,网上很多他的消息,是某集团的副总。"

听到这里,父亲也忍不住凑过来了,还戴上老花眼镜,生怕看不清楚一样,周芷康连忙把手机递过去:"爸,他说五月份会来见你们,到时候就把我们的事定下来。"

母亲问:"他就是杜一啊,之前听你说过,他还给钱你花,光看这点,我觉得靠谱。"

父亲却说道:"你就知道给钱,人是怎样的还不知道呢,先看看人再说。"

母亲不服气:"怎么了?敢情看着不行你还得拆散他们?"

父亲摘下老花眼镜,说:"我可不是这个意思,闺女的眼光一向很好,自个也有主见,我不担心。"其实看照片就知道这男人不会差到哪里去,眼睛有神,面圆而正,温和又不失威严,天生的领导样子,又年长周芷康五岁,已经事业有成,可见真的是可以托付终身的人。

母亲也不再说什么,一想到闺女早晚有一天是要嫁人的,心情忽然有点儿低落,打个哈欠就回房间休息了。

周芷康陪父亲看了会儿电视,半个小时候也狂打哈欠,父亲拿起遥控关了电视:"早点休息吧,又坐飞机又转大巴的也够累了,有事明天再说。"

躺在床上周芷康给杜一发了个微信:睡了吗?我躺床上了。

过一会儿,见他没回复,她又发了一条信息过去:没什么事,就是想你了,晚安!

杜一也没睡,他正跟几个股东在开视频会议,有人举报版权部一个经理利用公职盗卖版权,目前已经被警方控制,股东们在一起商量这事该怎么处理,其中一个股东生气地说:"我早就叫他跟那王小明划清界限,不要跟他走得那么近,看他那样子就是会背叛我们的人,结果没错,被我猜到了吧?王小明平时就不声不响的,心里打什么主意根本没人知道,有句话怎么说的?咬人的狗是不叫的。"

另一个股东说:"现在说这些话有什么用?都是马后炮,想想怎么把他救出来吧。"

"请上海最好的律师,多少钱都给,找各部门疏通一下关系,他是公司的人,代表公司,我们不允许他出什么事,还有,我相信他不会做出有损公司利益的事情。"杜一说。

大家都认为杜一说得有道理,刚刚埋怨与带着情绪说话的人也不再吭声了,杜一扔下一句:"这事就这么办吧,明天我亲自跑一趟,如果他确实有证据被对方抓住,那么该判刑就判刑,该罚款就罚款,大家都散了吧。"

夜已深,杜一起身给自己倒了杯加冰威士忌,才有空拿起电话看了看,半个小时前周芷康给他发过信息,相信这会儿她已经睡了,明天再给她回电话吧。

人一旦遇到事情,往往被自己的情绪阻碍,反而没把问题解决,所以为什么说遇到事情,首先要冷静,然后再一步一步去处理问题。

杜一感到身心疲倦,不是力不从心,而是身边的狼太多,让他开始分不出谁是做事的,谁是猪队友。

如果没有证据,警察不会乱抓人,肯定是朱经理有什么证据被抓到了,警察才会拘留,盗卖版权可是很严重的事情,他感到头疼了。

　　他知道这种事发火没用,问责也没用,要想一个办法如何去避免这种事情发生才是最重要的,这么想着想着,不禁又给自己倒了一杯加冰威士忌,喝着喝着,天边已现出白光。

　　看了看时间,四点四十分,他想起自己八点要出门,便和衣躺下来,不一会儿就睡过去了。

十八 哪有什么技术？全凭经验

周芷康第二天醒来，看见杜一给她打过电话，可是她有个习惯，就是睡觉的时候会把手机调静音，这样不会错过任何的电话，也不会把自己吵醒。

睡眠对她来说太重要了，经常是睡前很难入睡，睡着了就不想起来，大部分都市年轻人都有这个毛病，周芷康本来想回他一个电话，但还是先点开微信看看他有没有留言。

果然，微信里杜一说：昨天开会到很晚，早上也有很重要的会议，知道你还在睡，就先这样吧，记得穿多点儿，冬天还没过去。

周芷康打着哈欠起来，换上外出服，穿上鞋走出去，看见母亲在厨房忙，走过去问："早上吃什么呢？"

母亲看了她一眼，依旧在灶台前忙着，说："怎么了，穿成这样要出门？"

唉，母亲永远都是这样，别人问她问题，她不着急着回答，反而喜欢反问别人，周芷康说："我在想，如果你没做早餐，我就带上你们到外面去吃，喝喝早茶，聊聊天不挺好的吗？"

母亲说："费那钱干吗？你爸爸这两年脚不好，很少出去外面了，再说，外面一顿顶我在家吃一个星期的早餐了，钱是天上掉下来的啊？赚钱多辛苦你又不是不知道。"

周芷康撒娇地说："妈，咱们家又不缺那几个钱。"

"蓄粮过冬你是不懂啦？虽然说现在社会好了，有医保等福利，但说句不好听的，万一有一天我们要进医院，花钱如流水的时候，你想起自己的钱不够，是不是很糟心？有的时候要想到没有的时候，我从小是怎么教你的？居安思危，别太放飞自我了。"

"妈，你想太多了，这样反而不好。"

母亲手中的动作停下来，问："有啥不好的？书上都有讲，先天下之忧而忧，后天下之乐而乐，居安思危，最正常不过了。"

周芷康耐心跟她解释道："书上也说，尽信书不如无书，妈，你听我的，人呢，短短的一生，要及时行乐，谁都不知道明天与意外哪个先来，所以不要想那么多，该吃吃该喝喝，想太多也容易生病的。"

母亲听完后沉默了，想想闺女说的话也有道理，人这一辈子不是为了等到住院那一天怎么去挽留生命，而是在有生之年，该享受享受，人都会死，想那么多干吗？这么一想，想通了，她说："那明天吧，明天带上你爸爸，咱们去酒楼喝早茶去。"

"妈，你是世界上最善良的妈妈。"周芷康忍不住搂着母亲的手臂像小孩一般摇起来。

母亲说："都是快要结婚的人了，怎么还像个小孩一样？"

"有父母的人才不要变大人呢。"

嘴上这么说，可一出去就回信息给丁丁，并安排好几本书的作者的交稿时间，定了几个书本封面，吃完早餐后倒了一杯水就打开了电脑，她是编辑，也是作者，目前已经有一本书上市，现在写着另一本都市言情小说，剧情起伏跌宕，震撼人心，刚递了样章就被公司定下来了。

她算是比较幸运的一个，因为她喜欢文字，热爱文字，又在文艺圈泡着，功成名就也是早晚的事。

她不适合商业世界，她高傲自负，心中向往艺术，始终适合在文人的世界里游荡，她甚至觉得自己不适合作家协会，杜一曾经问过她要不要加入北京作家协会，她想都没想就拒绝了，理由是酸，文人的酸还真不是一般的酸，早就知道文人相轻，没想过轻成那样，以自己的尺去量他人的度，那不是笑话吗？

她曾经进入一个作家协会的群，里面一群之乎者也，吓得她连忙退群了。

还有一些各行各业的人写几篇文章在公众号就自称作家，真是妄自菲薄，不知天高地厚，跟这些人混在一起，周芷康自觉自己的智商都会被拉低，他们局限在自己的圈子里自得其乐，不肯接受新事物新东西，凡事欠缺思考，出口伤人而不自知，更甚者用自己的角度去批判他人，给别人下定论，不知道谁给他们这么大的权力。而谦谦有礼、虚心使人进步等优势一点儿都没有在他们身上体现出来。

真不知道他们得意什么，就连丁丁在业界混迹那么久都不敢自称总经理，出去见作者的时候仍然以编辑自称，就好像杜一，从不以自己是创始人或集团副总的身份去见一些人，底气这种东西，自己知道就可以了，到处宣扬反而让别人感觉你底气不足，何必白白成为笑柄呢？

她好歹也算是出过书的人，仍然不肯以作家自称，与人见面也从不提起自己出过书的事情，自己的荣辱自己兜着就好，何须别人认可。

在待人接物方面，又或者在职场上面，讲究的往往都不是技术，技术只能决定你是否适合在这个岗位上工作，而经验才是难能可贵的东西。

如果周芷康一开始没有接触过这个圈子最黑暗的一面，她也不知道放下身份才是更重要的事,她永远记住了一句话:虚心使人进步,默默做出成绩出来,别人才会对你刮目相看。

这个世界已经不流行哗众取宠,更不流行空泛虚假,反而那些脚踏实地,一步一个脚印的人走得更远,道路越走越宽广。

日落时分,小雨在微信上问她:如果不做编辑,你会做什么?

周芷康想都没想就回她:做作者,日落而出,日出而歇,日复一日,年复一年,时光在敲打键盘的声音中逝去,端一杯加冰威士忌窝在沙发上黯然伤神,难过的时候落泪,开心的时候出门大吃一顿,定时去旅行,一走半个月,归来收到期望已久的稿酬,算是人生苦短中的另一种安慰。

小雨叹息:早点休息,唯有健康的身体可以让你为所欲为。

周芷康说:其实每次想做的事都是会变的,以前我觉得不做编辑,大不了找个好男人结婚生子,一辈子也就那样过了,我认命,可如今不这么认为,我觉得女人独立太重要了,因为以后用钱买到的尊严太多,所以不甘落后,必须奋发图强。

小雨问:你不是已经有杜一这么完美的男友了吗?还那么拼干什么?

周芷康回:他爱我,可以给予我一切,但万一有一天他把所有的一切都收回了呢?

小雨不禁感叹:说来说去还是得靠自己,不过话又说回来,很少有人像你这么理智的,普通人都觉得,结婚了,过不下去大不了离婚,至少可以分一半财产,不亏。

周芷康说:我不是普通人啊,再说,我从头到尾要的都是他这个人啊，人都走了，要那些冷冰冰的财产干什么？

小雨：得了吧，现实点，人走了，有钱也挺好的，至少以后的生活不用愁了，我得想想，什么时候开始我没有睡到自然醒了，真的很悲惨，惨无人道，谁发明了上班打卡这种东西的。

周芷康说：早点休息吧，命重要，皮肤也要休息，我还要赶一篇稿子，最近有人找我写番外。

小雨：我刚翻译完一本书，抽空找你唠唠，那我去睡了，你也早点休息，别把自己熬残了，我可是会心疼的。

周芷康笑了笑：就你嘴贫。

小雨：我什么都没有，就剩下嘴贫了。

周芷康：睡吧。

小雨：晚安。

十九 有些过往是让人羡慕的

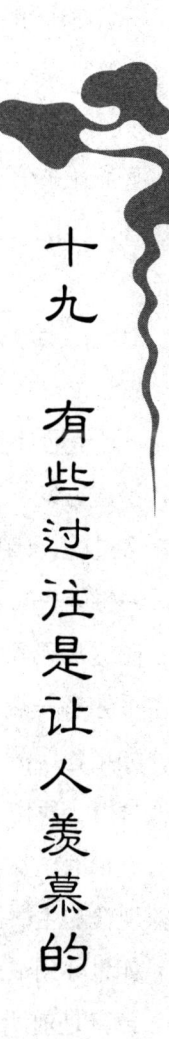

陈丽打胡明博的手机，响了一下就被挂断了，那么可以断定，胡明博手里拿着手机，为什么他不接电话呢？这真是一个问题。

陈丽又改发信息，这次她尽量用温柔的语句，不再咄咄逼人，发了几条信息后，等了半个小时后没看见他回信息，又给他发语音通话，依旧没人接听，她累了，拿手机连续地给他发语音。

她说：大家都是快奔四十的人，有什么话是不能直接说的呢？成年人好聚好散，当初你让我开开心心地结婚，现在可以让我心甘情愿地签字离婚吗？

我真的累了，我不想在工作之余还在想你，中秋节没回家是怎么过的，国庆长假又是谁陪你过，过年还回不回来，我不想再去想这些问题了。

在这场婚姻中，我希望你爱我更多一点，但明明就是我更在乎你多一点，以至于现在，我都怀疑，你到底有没有爱过我，如果曾经爱过，怎么会吵架的时候总是把离婚挂在嘴边？怎么舍得让我伤心难过？

记得有一次，你说求我放过你，过不下去就不要过了，我觉得现在的生活挺好的，除了还挂着胡太太这个头衔之外。

如果你到最后还是想离婚，我尽量配合你好吗？

声音是前所未有的温柔，又是前所未有的平静，以至于说完了，她都还没缓过来，这么冷静是她吗？放下电话，心中堵得慌，可是她知道，有些事情该要面对的还是要面对，逃避不是办法。

以往她会打他电话打到关机，但现在不了，她也在成长，也在成熟，她知道，一个人有心要躲另一个人的时候，是不会让你找到的。那就让他先冷静几天吧。

大家成年人，得对自己说过的话负责，而不是一时口快，或许所有话都是有预谋的，并不是脱口而出，那就更能说明一件事，关于离婚这件事，他早就想过了，并且一直在找机会实施。

没有一起到老的心，怎么拉扯不舍都是错。

陈丽最近害怕回家，人一旦安静下来，思想就开始活跃，就好像每天都很忙，总觉得累，仿佛站着都能睡着，回家躺在床上脑袋却异常清醒，脑子就开始想啊，凭什么自己那么年轻就守活寡，明明有老公的，偏偏家里的一切都要自己去弄，没人分担一下，就连孩子生病发烧都是她一个人的事，弄得好像她一个人就可以怀孕生孩子一样，她觉得不可思议。

这种丧偶式家庭，谁爱过谁过去，绝对不是陈丽这种新职业女性的选择，很爱又怎样？对方不在乎啊。

这么一想，胸口又揪着般地疼。

她始终都想不明白，男人到底都是怎么想的，她另一个朋友也是这种情况，不接电话不回信息，不给家用，供着一套房以为自己有多了不起。

人不在，钱也没有，连凑合过日子都不算。

婚姻其实很简单，合则来，不合则分，哪来那么多时间去消耗对方？

她忍不住想起跟他结婚的时候，那时候算是人生巅峰了吧，宴请摆酒席的时候，他真的很懂事地坐在自己身边，所有礼数一刻都没落下，完了后她坐在客厅陪客人聊天，他拿着手机偷拍她，被她发现后满脸通红地走开。

她到二楼小憩一下，他满世界地找她，看到她那一刻，露出孩子般的笑，说："我以为你去哪里呢，到处找你。"

她逗着他问："找我有什么事吗？"

"也没什么事，在这里你不熟悉，我怕你迷路了。"明明就是一刻都不能离开她，偏偏又找了一个这么烂的借口。

后来夕阳西下，大家拿出羽毛球拍在路口打羽毛球，她穿着高跟鞋飞奔接球，他用左手反拍，一来二去的，明明他在迁就着她。

晚上吃饭的时候，她多喝了两杯，头有点儿晕，他坚持不喝酒，扶她上楼休息的时候他宠溺地说："以后别喝酒了，难受了吧？"

她伏在他胸口，闷闷地说："嗯，我头晕。"

他叹了一口气，手臂紧了紧，然后给她换了个姿势，让她睡得更舒服点。

那时候爱情是有的，可是不知道为什么会变成现在这个样子，陈丽被回忆侵蚀着，她不知道怎样从这回忆里走出去，或许爱得比较深的那个，永远都背着这些甜蜜走着，然后无法放下，才会一次一次劝说自己放手，一次又一次地舍不得放手。

陈丽倦极入睡，第二天还要上班，她不能没有老公，最后连工作都没了。

女友知道她失眠，特意送了个药枕给她，说也奇怪，自从用了药枕，她就真的很少失眠了。

第二天，阳光从窗户照进来，美好的一天又开始了，她闻见楼下的面包店新鲜出炉的面包香味，以及浓香的巧克力，说实在话，人生有什么不如意都会被这生活的人间气冲淡，然后消失不见。

可能在不久的将来，她要想一想才知道胡明博是哪位了。

二十 你以为我是傻瓜,那你就傻了

有时明知结局是什么，但当结局真的来临时又止不住地想：怎么会这样？完全没有一点转弯的余地吗？愿赌服输四个字经常一闪而过，可是没什么用，事实是难过是真的难过，胸口堵得慌。

当陈丽听到胡明博跟她说离婚的时候，她知道完了，自己真的不想离婚，她对他还有感情，他怎么可以说离就离？

可事实就是这样，不离吧，对他仍然会有期盼，希望他回归家庭，希望一家人日落归家时可以吃上一顿晚饭，再闲话家常，可是这些寻常老百姓的日子在他们家变得十分奢侈，求而不得的痛苦让她很难受。

基于面子与尊严，她没有求他不要离婚，而是十分冷静地说："约好时间，我去签字。"

胡明博道："房子车子给你，我账户还有二十万存款，也给你。"

陈丽一愣，随即咬了咬嘴唇，她听见自己说："我余生感激你。"

做出版这一行看到过太多因为离婚而弄得头破血流的故事了，难得胡明博那么大方，临走也没让她难堪，证明她当初没有看错人。

胡明博说："应该的，耽误了你那么多年，希望你跟孩子都活得好好的。"

陈丽胸口一疼，她忍不住问："我真的那么糟糕，让你迫不及待地想要离开我吗？"

他说："跟你没关系，是我的问题，我不适合婚姻，我也不是合格的丈夫、爸爸。"

陈丽忍不住柔声说："我可以等，你什么时候觉得自己可以再回来，我不再催你了，可以吗？"

他摇摇头："久了你会累，会有怨恨，看到别人幸福，你会想很多，我知道自己这几年都没办法陪在你身边，不如就这样好聚好散，孩子仍然是我的孩子，你还可以再约会，再组织一个新的家庭。"

陈丽生气了，她说："胡明博，你以为你是谁？我的生活由得到你来编排吗？当初你说结婚我二话不说跟你结婚，现在你说离婚，凭什么要我配合你的演出？好好的一个家，你凭什么拆散它？"

他叹了一口气，说："别孩子气好吗？大家在一起只会越来越不开心，影响到生活与工作，不如分了，大家都好过一点。"

陈丽哽咽地道："当初你说出去工作，我也由你去了，你说不回家，我也没说什么，你怎么舍得抛下我们母子俩，你的良心呢？"

"丽……"

"你让我高高兴兴地去签字离婚好吗？就像当初结婚的时候一样，开开心心地去领证。"陈丽眼泪汪汪地说。

胡明博沉默，他真的不知道怎样她才会高兴起来，他以为，有车有房有孩子，有稳定工作她就应该满足了，原来不是，她拥有了这所有一切仍然不开心。

现在他总于明白了，她心里空虚，害怕失去自己，可这种事情他没法帮助她，只能靠她自己摸索出来。

每个人都是独立个体，谁也无法替谁感同身受，难过肯定是会有的，但要她自己去处理一下情绪与心理承压能力。

他说："冷静一下，等你准备好了再去签字吧。"

不到半个月,陈丽在社交软件上看到胡明博与另一个女人过生日,一起吹蜡烛,一起许愿,一起拿着蛋糕拍照,配的文字是:感谢公司厚爱,生日快乐!

果然,他的一切都跟自己没关系了,但她却仍然无法释怀,凭什么当年说一生一世的人,转个头可以说爱不下去了呢?他们之间还有孩子呢。

她不懂,她也无法懂,她知道自己与他的世界相差十万八千里,自己也曾经试过融入他的圈子,可是硬挤是挤不进去的,哪怕他的朋友圈,已经两年没有她的痕迹了,再这样下去,这婚姻就真的是名存实亡,其实现在已经是名存实亡,工作上他们没接触,生活上没交集,就连社交软件上连个赞都不给对方,没有肌肤之亲,再这样下去,也是各奔东西。

不知道为什么,这么一想,她反而没那么难受了,管他喜欢的人是谁呢?这个也没什么好纠结的,他从提出离婚的那一刻,已经不爱自己了,与其说是放过他,不如说是放过自己。

难受啊,不甘啊,胸口堵得慌,那又怎样,日子还是要过的,自己的下半生得自己去负责,她应该感谢他陪自己走过这一程。

想通了之后,她给他发了个微信:我同意离婚,你把事情安排一下,我去签字。

好一句成全别人,就是成全自己。

不犯傻,不卑微,找回那个充满自信的自己,有时候紧紧抓住的东西未必是最好的,她很清楚自己要的是什么,如果得不到,那就放掉,放过自己才能活出精彩人生。

在同一时间离婚的明星还挺多的,韩国的双宋,影视明星马伊琍,还有唱《勇气》的梁静茹都离婚了,当离婚成为一种常态，谁也别笑话谁。

有句话怎么说来着？离婚不是悲剧，恰恰是为了过更好的生活。

想通了真好，她一觉睡到自然醒，然后洗漱上班，一天工作忙下来，几乎没时间去想这些有的没的。

一天下来，忙着做部门员工的思想工作，跟进他们的工作成果，纠错，开会，做选题，然后敲定项目，安排人去印刷厂跟进正在印的书，不知不觉又到了下班时间。

大家都走了，她还忙着，她也不是工作狂，只是突然发现，把感情这件事放一边后，工作量似乎多了起来，隔壁部门的王老师也在忙着，都是做老大的，最后一个走很正常。

办公室很安静，她在茶水间遇到王老师，王老师是做儿童读物的，年纪比较大，听说退休也就这一两年了，儿子女儿都独立了，她一个人闲得慌又回到单位来上班，见陈丽还在比较开心："怎么你也没走？"

陈丽说："最近在赶一个项目，等落实了，我才能放心。"

王老师关心地说："那孩子呢？"

平时陈丽都是准时走的，孩子一个人在家她不放心。

陈丽说："放在我妈那里了，现在想想，工作比什么都重要。"

王老师听到她这么说，突然很高兴，说："你能这么想就太好了，孩子总会长大，他会有自己的世界，而我们如果因为这样停滞不前，那才是罪过。其实我一直有关注你，说句不好听的，知道你前段时间心情不好，又不知道怎么劝你，见你把工作放在第一，我也安心了。"

陈丽没想到平时沉默寡言的王老师说起话来可以这么有道理，果然是旁观者清啊，她说："其实看透了，也想通了，除了生与死，这世界没什么大事，感情又不是生活的全部，我干吗要跟自己过不去呢？"

王老师说："能这么想就最好。"

各自散去，这天陈丽一直加班到九点，赶上最后一班公交车回去。

如果说这个世界真有傻瓜，那也是自欺欺人或明知故犯，陈丽回到家，看着曾经温馨而充满欢笑的家因为男主的离去而变得冷冷清清的，她叹息一声，打开计算机工作至深夜，倦极入睡。

第二天是周末，她有理由让自己放空一下，睡了个懒觉，迷迷糊糊之间听见客厅有声音，她拿起手机看了看时间，上午十点二十分，难道是胡明博回来了？

她鞋都没穿就跑出去了，到了客厅一看，看见自己的妈妈带着孩子进屋，手上还拎着一袋菜。

她一愣，假装不经意地问："你怎么来了？"

陈丽妈也见怪不怪，指了指孩子："说想妈了，我便带他来了，你刚起床啊？"

陈丽撩了一下长发，说："你先弄点吃的给孩子吧，我梳洗一下就出来。"

待她进去后，陈丽妈问孩子："爸爸不在家的时候妈妈都这样吗？"

孩子一脸茫然地看着她，不知道她这么问是什么意思。

陈丽妈叹了口气，也是，问孩子也不懂，问了也是白问，孩子很少跟陈丽单独待在一起，要么就把孩子放在自己那，要么就带着孩子出门，在家一般也不会这么不修边幅就出来见孩子的。

陈丽妈转身进了厨房，不一会厨房便飘出了食物的香味，是煎蛋与西红柿煮面条的味道，陈丽闻着香味过来，在餐桌上坐下，说："妈，要不你就搬过来跟我住吧，也好有个照应。"

陈丽妈说："你是想我过来当厨娘吧，又可以帮你带孩子。"

陈丽拿餐巾纸擦了擦嘴，然后说："一起住有个照应，你也不想我下班回来还要做饭才有得吃吧，还有，跑菜市场什么的，我哪有那个时间啊。"

陈丽妈是真的心疼自己的孩子，她叹了一口气，说："好吧，孩子在妈妈身边也有助他成长，我煮一个人的饭也是煮，煮多两个人的饭也要煮，谁叫我是你妈呢。"

陈丽张嘴想说什么，最后喉咙一哽，最终什么都没说。

陈丽妈吃完早餐，又去收拾屋子，又要搞卫生，陈丽按住她："别动，我约了钟点工两点上门收拾的，你就歇歇，吃点水果，或带孩子到花园里玩吧。"说完她便转身回房间看稿子去了。

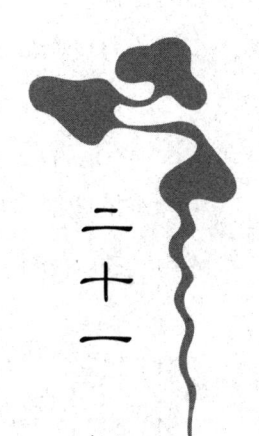

二十一 做作家并不影响当编辑

周芷康闲下来便开始写稿，她考虑了很多题材，比如她比较偏向古言，但知道古言哪怕被选中出版，电视剧成本也挺高的，她认为现在很少有人大手笔投资到古言了，况且古言已经有于正，在她还没在出版界混出名堂之前，作为一个新手作者来说，她不适合混古言。

　　科幻推理很考实证，她经验不足，不过，悬疑讲究的是一环扣一环，环环相扣，引人入胜，她认为自己也暂时不够资格。

　　想来想去，只有写都市小说，以及情感励志书了。

　　她开始大量搜集证据，在网上各种翻看数据，以及各大排行榜，看现在阅读的人群都偏向喜欢哪一类型的书。

　　比如情感励志书面对的群体是几岁到几岁，还有他们的一些阅读习惯、包装风格，每篇文章的字数都在她搜集的数据之上。

　　调查完毕，她还得去问问部门编辑做这类书的成本与销量，首发多少合适，稿费多少合理，这些都在她考虑的范围之内。

　　她看了一下收集回来的数据，一度陷入沉思中，稿费因为是初版，所以给五千元买断。当然，她去问部门编辑的时候并没有说是自己想要写书走出版路线，她只是说有一个朋友想要试试走出版路线，编辑问她是否出版过其他书籍，她说没有，于是编辑就按市场最低价报给她了。

　　平时她不太管作者稿费这种事，她接触过的作者都自带身价的，所以她不知道刚出来混是这么低的稿费。

　　她在写与不写之间摇摆不定，于是发个信息给小雨：你说编辑报一个新作者的稿费五千元买断，是高还是不高？

小雨反问：怎么会有这个问题？你是老大，你有决定权啊。

周芷康回：我觉得低了。

小雨：市道不好，新手没出版过的，有稿费已经很不错了，想要名气还是稿费自己想吧，如果书好，日后不怕没人签约，但至少得上市，露个面，让人认识认识吧，如果书不好，一炮不响沉下去了，那也好歹有五千元安慰费，不至于白忙活一场，我认为很多作者都是聪明的，有机会出版还不出？把书压箱底呢？

周芷康：真这么打击吗？

其实她问也是感慨一下，她自己就做出版的，就光这个月，她已经取消了好几位没有名气作者的合同了，别人交了稿也没用，她认为这书出版了没市场，通通都无条件地单方面取消合同，她当然知道市场不景气，人心不稳，出版界的寒冬要来了。

小雨回她：现在会写字的都写书，虽然写书已经赚不到什么钱了，但仍然有很多人抱着一炮而红的幻想，跟写作死磕到底了，你就劝劝那个作者，能出就出吧，别到时候白送都没人要。

周芷康看小雨都这么说，才接受了这个残酷的现实，靠写作赚钱看来是不行了，得另想办法。

她看了一下时间，聊天的时间过得真快，不知不觉已经到了深夜十一点，往常她都会打着哈欠去刷牙，然后睡觉，为明天的工作做好充足的精神准备。

但今天，她准备先写个大纲，就当是给自己加班吧，然后她重新规划了一下自己的时间，晚上尽量早些吃晚餐，吃完就码字，工作尽量在公司完成，不要带回家。

杜一知道她的雄心壮志之后，吃惊地说："你还真想大干一场啊？"

周芷康说："谁叫咱闲不住，觉得与其让时间在追剧里过，还不如写写稿子，说不定哪天一炮而红呢？"

杜一沉吟了一下，道："要不……"他想说：要不写好了先给我看看，我替你找资源直接拍片上市，就别走出版那一块了。

没想到周芷康没等他说完便说："我们还年轻，结婚生孩子这种事三五年后再说吧。"

杜一忍不住哈哈大笑起来。

周芷康看着笑得像个孩子一样的他，忍不住臆想起来：如果孩子长得像他，也不失为一件好事，可是想是这么想，很快她就回到现实，她说："我还是喜欢功成利就，名扬四海，你就等着我变成名作家的那一天吧。"

杜一知道她性格要强，为了证明自己可以用尽全力，他说："需要我的时候，我一直都在。"

周芷康走过去轻轻抱着他："有你真好。"

他抱着她，深呼吸一口气，嗯，是柠檬混合着牛奶的味道，他说："要不然怎么做你的男人？"

周芷康把头埋在他胸前，闻着熟悉的气息，一时间觉得，就让我沉迷男色吧，谁要独立。

周芷康也真是一鼓作气地用了半个月时间，写出三万字样章交了出去，当然，是用了笔名，在选题会的时候她拿出自己的稿子咨询各编辑的意见，编辑们都认为只要稿费合理，就可以操作。

第一本书就这么定下来了。

下班的时候她在想：近水楼台先得月就是这个意思吧？

在地铁上，她给小雨发信息：我的稿子交了，过稿了，就是签合同不知道怎么搞，你说让他们知道稿子是我的没事吧？

小雨回：总有一天会知道的，干吗要瞒？

周芷康想了一下，也是，早晚有一天会知道的，总不能不签合同吧，万一这本书一炮而红呢？

同事们知道这本书是她写的都没表现太大的惊讶，只是淡淡地说："看文笔就觉得跟你的很像，现在证明我们的猜测没错了，恭喜你，周老师。"

周芷康笑着说："大家对我真的很了解，这样吧，下班后我们去庆祝一下。"

大家都鼓掌表示赞同。

她又说："火锅怎样？"

大家异口同声地说："都行，主要是庆祝周老师第一本书上市。"

小雨知道这个消息，忍不住问："稿费够大伙去撮一顿吗？"

周芷康说："不够我可以贴啊。"

小雨翻了翻白眼："看来你才是那个不在乎稿费的人。"

周芷康说："市道不好，有高兴的事就应该拿放大镜去干，你说是不是。"

小雨点头："你长得漂亮，你说的都对。"

周芷康说："今天晚上你会来吧。"

小雨精神一振："那当然，我怕你一高兴喝多了，我在还是比较好的。"

周芷康笑了："说得你好像很能喝？"

小雨谦虚地道："哪里哪里，一点点啦。"

当天晚上，小雨替周芷康高兴，喝多了两杯，周芷康扶着她回去的时候问："小雨，你不止一百斤吧？"

"谁说的，人家才八十斤好吧？"小雨喝得两眼迷糊，可仍然记得自己体重不能超过一百斤。

周芷康咬着牙用力扶着快要爬下来的小雨，说："看来你没醉啊，那你还记得银行卡密码是多少吗？"

小雨说："我告诉你，这是我的秘密，别想知道我银行卡里有多少钱。"

周芷康扶着她实在累得够呛，看见路边有张长椅，便扶她过去喘口气，她喘着气说："张小雨，年芳28，月入过万，单身，平时省吃俭用，存了至少五位数在银行，打算嫁不出去的时候就自己买个房子在那孤独终老，多好的一部都市影视题材，我当时怎么就没想到呢？"

小雨实在难受，一坐下来就感到天旋地转，连忙跑到路边蹲下来，不一会儿就吐了起来。

周芷康跟上，打开包包拿出纸巾，抽了两张递给她："你还行不行啊。"

吐完之后，小雨感到舒服多了，她拿着纸巾擦了擦嘴巴，伸手又把周芷康递过来的矿泉水接过，仰头喝了口漱口，吐掉，才站起来，斜着眼看着周芷康："听你的语气像是看不起人了，我跟你讲，如果不是今天状态不佳，我可以喝到他们都趴下。"

知道多喝几杯的她觉得自己天下无敌了，周芷康连忙扶着她说："得了，这仇咱得报，改天去把他们都喝得趴下。"

她们俩就这样穿着高跟鞋，一脚深一脚浅地走到地铁站，坐地铁回去，很多人都看着她们，穿着职业装的两个年轻姑娘带着酒气上了地铁已经十分引人注目了，她们说话的声音也不小，因为周围的环境太嘈杂了。

熟悉的氛围，熟悉的面孔，周芷康说："我想起读书的时候，那时候的理想是出人头地啊，可什么是出人头地，真的说不准，大概就是让所有认识你的人都刮目相看吧。"

小雨借着酒气说："你这形容得很正确，那时候我家里穷，所有亲戚朋友都躲着我们，如果我在北京混出了名堂，再把父母接过来住，你说他们还不赶紧巴结我吗？"

周芷康说："巴结是巴结，可张大小姐已经没空去搭理他们了。"

小雨笑得可开了，说："对，就是没空，我有空不会去种种花，养养宠物，遛遛狗什么的啊，再不行约你下午茶啊。"

周芷康问："为什么我还排在花跟宠物后面？"

小雨说："你也忙，你也忙。"

"求生欲那么强，你还这么清醒，看来今晚的酒还是喝得不够多啊。"

小雨吸了一口气，过一会儿才吐出那口气，半眯着眼看了看身边晃动的人影，说："酒醉三分醒，那些喝到断片的我总觉得是编的，要么真的晕死过去那就没得说，可我还好好的站在这里啊。"

周芷康知道她吐了之后好多了，拍拍她的肩，轻轻扶着她："真的，我也觉得那些人骗人，要么就喝得没知觉，喝醉了哪还能干出什么事来，都是装的。"

小雨一听，不对，瞪大眼睛看着她："你想说什么？"

周芷康目视前方，淡定地说："我在构思我的书，你说喝醉酒这个情节该怎么去写才变得真实？总不能喝醉一觉醒来发现女方怀孕了吧？"

小雨摆摆手："这还不简单，自己喝醉一回就可以把醉酒的感觉写出来了。"

见周芷康不说话，推了一下她："不会真的打算把自己灌醉吧？"

周芷康悠悠地说："我不入地狱，谁入地狱？"

小雨一听，酒全醒了："你有没有想过，吐的时候真的好难受啊。"

周芷康说："可如果不亲自试一下，写出来就失真了啊。"

"啧啧，你为了出名可真的拼了。"

周芷康点点头，承认："总不能欺骗读者吧。"

小雨想了想，说："可是每个人醉酒的感受都不一样，你真的不考虑杜撰吗？"

周芷康一听，吃了一惊："那这么说来，我的经验也不是那么重要。"

小雨笑了，说："所以，有些事不必写得过于真实，小说本来就是源自生活，高于生活，何必呢，难道写床戏，还真的找个人来对戏？"

"你……"周芷康被呛了一口。

接下来她就真的两耳不闻窗外事，专心写作。

一本书三个月便交了全稿，接下来就是校对、出封面、封面广告语、下印厂、发行。

一切都很顺利，从开始写到上市，仅仅用了半年时间，算是比较快了。

拿到书的那一刻，她觉得之前熬夜写书的日子恍如隔世。

第一时间打电话给小雨："晚上出来搓一顿？"

小雨警惕："什么事值得这么张扬？"

"我书上市了，刚拿到样书，送你一本。"周芷康顿了顿："独家签名版。"

"还有谁？"

"就咱俩。"

"喝两杯？"小雨试探。

周芷康说："莫使金樽空对月啊。"

"去日料店吧，好久没去，顺便可以喝喝清酒，那酒不上头，适合你这种新手上路。"

"新手上路？"周芷康忍不住想摔电话，好吧，到时看看是谁新手上路。

事实证明，周芷康真的很渣，才喝了两杯，说话声音提高了一倍多，脸红得像关公，小雨扯了扯她衣袖："还能喝不？"

"能，咋就不能了呢？"

小雨骇笑："很多人喝醉了都会说，我没醉，再来。你不会是这样吧？"

"高兴。"周芷康眨巴着眼睛说，"高兴是喝不醉的，只有心情不好才两杯倒。"

小雨不禁感慨："原来你才是高手，在下甘拜下风。"

周芷康两眼一眯，摆一摆手："别啊，你这是损我，难得我们有空坐下来喝两杯，我觉得找个话题谈谈可能会更好。"

"女人在一起，三句不离男人，可惜我们似乎是例外。"

"可不是？你这个男人绝缘体，要不要姐给你介绍男人啊。"

小雨听了一惊，吓得脸色都变了："别啊，是酒不好喝，还是工作不够充实？"

都已经聊到这个话题了，周芷康也想知道小雨不找男朋友的原因是什么，所以她问："难不成你喜欢女人？"说完诡异地低头看了看自己。

小雨一副想吐的样子："得了，我是找个男人伺候着呢，我觉得委屈了自己，他伺候我吧，我又觉得欠他的，总之，这么久了，一个人习惯了，不习惯亲密行为，叫我等一个电话，或等一个吻，不如要我的命更爽快。"

"不会啊，爱情总的来说还是挺甜蜜的，要不然也不会有那么多人飞蛾扑火了。"

"爱情刚开始的时候是甜蜜的，久了就会就生厌，然后开始逃避，接着爱得比较多的那一个开始患得患失，怀疑对方到底还爱不爱自己，各种焦虑，不放心，偷窥，然后另一方更感厌烦，最终觉得不再轻松，不如分手一了百了，多少佳偶变怨偶。"

周芷康一愣："这么说，你是尝过爱情的苦，所以再也不敢轻易尝试？"

小雨一副大师的模样，说："你啊，就是想太多了，我没吃过猪肉，难不成还没见过猪跑？好歹我也是个编辑，看过的书不下几百本，这点小儿科还能难倒我不成？"

周芷康明白了，她是从小学得出的一套爱情总结，但这也不能作准啊，多少恋人结婚后仍然甜蜜如初，她说："没那么不堪，很多人都是幸福的，别给自己独立女性宣言加戏哈。"

"我真不是看不起婚姻的意思,你看看身边的同学朋友,哪个结婚后是幸福的?有,但不多吧,十对有一两对,大多数都是貌合神离,婚后生活枯燥,不是男的守不住自己,就是女的红杏出墙,哪有步伐一致,所做一切都是为了家庭利益为出发点的?"

周芷康尴尬地笑了笑,不知道怎么接下这话题才好。

小雨拍了拍她的手:"你放心,你把感情处理得很好,工作出色,哪怕没有杜一,你也可以过得很好。"

"你真的这么认为?"

"男人不是你的唯一,工作才是,我早就看出来了,如果可以选,你还希望可以靠自己在文坛上闯出一片天地来,可是我就纳闷了,明明杜一可以帮你,为什么不让他拉你一把?"

"我想测试自己的实力。"就好像当初一个人来北京的时候一样,她也想靠自己证明她是可以的,不需要任何人,她本身就可以发火发热。

小雨叹了一口气,说:"可你明明是有实力,就缺资源啊,这次听我的,把书给杜一,让他去处理,虽然不知道能不能一炮而红,但放着数据库不用,就等于是有法宝不用一样,浪费得有点可惜啊。"

周芷康认真想了想小雨的话,这一次她认为小雨说得挺对的,就好像那次没听杜一的话,一个人乱闯,到最后还不是靠杜一暗中出手,自己才能有机会留在北京。

一个女人最忌讳什么?让男人没有英雄感,让他觉得自己的女人无所不能,他会怀疑自己的存在价值。吃软饭的小白脸另谈。

她记得一个编辑说过,男人都喜欢女人仰望自己,那些御夫文都是女人爱慕男人，让男人欲罢不能的，当然，前期的培养也很重要，比如男人被女人的英姿吸引，再来一个柔情似水。痴情纠缠反而会让男人感到倒胃口，女人适当的矜持、撒娇，男人是喜欢的，当然，这种情况也不能时常出现，比如他在开会，你突然打个电话过去，撒娇说你拧不开手上的可乐瓶盖，他会认为你没脑子。

调情这玩意很考验人心，可以说是天时地利人和缺一不可，如果在不合时宜的时间做了不合情商的事，那几乎这段感情也快走到终点了。

总的一句：撒娇、仰慕、崇拜，要在合适的时候，什么是合适的时候？当然是两个人单独相处的时候适合撒娇，在朋友面前要给对方付款的机会，再适当地说一些抬举对方的话，表达一下自己对他的仰慕之情，既满足了男人的自信心，又给了他该有的面子，一举两得。

还有，付出什么千万不能跟男人计较，一旦计较，男人会觉得你不是爱我的，你是来算计我的，那我跟你在一起到底是为了什么啊。

那个女编辑最后说：付出不必用尽全力，你看萧亚轩谈恋爱有一掷千金去讨好对方吗？哪怕再喜欢，也只动用个冰山一角去讨好对方，千万不能把自己的老底都翻出来给对方看，留有余力是为自己与对方都好，以至于哪怕这段感情走到尽头也不会有吃亏的感觉。

大家都是付出了感情、金钱、时间去全心全意爱过的一个人，哪怕最后分手了，也不至于做成敌人。

这么多道理，一时半会儿也说不完给小雨听，也就这样吧，以后的事谁知道呢，周芷康的心理活动是有点儿多，但也没表现出来，她举了举杯："干了，咱明天都休息，可以放肆一回。"

小雨说："看，你做事就是这么稳妥，如果明天要上班，今晚就不能尽兴了。"

"任其职，取其酬，哪有不尽力之说，我现在发现，哪天我真的不上班了，那就可能真的可以天天对酒当歌，来去自由，你说那才叫痛快吧。"

小雨喝了一口酒，问："杜一知道不？"

周芷康故意问："文人爱喝之事？"

小雨耸了耸肩，淡淡地说："知道你早已为自己退休找到一条出路，我说，别人退休都是把旅游地图画出来，跟心爱的人一站一站去游历，体验生活，你倒好，选一个足不出户的退休计划，你到底是怎么想的啊？"

"谁说写书就不能周游列国的？现在科技那么发达，我抱着电脑到哪不是写？工作又娱乐也没几个人能做到吧？"

小雨无言以对。

喝得差不多了，周芷康搂着小雨说："那口气我就是无论如何都咽不下去，你说，我就那么遭人嫌么？"

小雨也喝得迷糊了，问她："什么？你还有咽不下的时候？"

"就那陈丽，说我什么连个文字编辑都不及格，我呸，谁一生出来就会吃饭，一出校门就会工作？不都是一步一步走来的？她凭什么说我不行？"

小雨明白了，当年周芷康是靠杜一这棵大树才进去集团公司上班的，谁都知道陈丽最看不惯那些啥都不会，只会走后门的人，可是她也没想到，周芷康就因为她一句话，多年后在这行不光立住了脚，还接二连三地签约出版，所以到如今她也有意躲着杜一，以免别人说她靠关系上位，忽略了她的才华。

今时今日的周芷康能够出人头地，可以说有一半的功劳归功于陈丽，为了证明自己是可以的，她确实做了很多工作，这种狠劲儿如果不是当初被人否定过，她不会那么拼。

小雨知道她意难平，只好安慰她："我以为如今的你早就忘记过去谁踩了你一脚，只记住谁扶你一把。"

"我很记仇的。"周芷康不怕承认自己很记仇这个事实，确实是这样，她也经常拿陈丽的事出来反省，她认为作为一个高层，首先说出这样的话就显得很没教养，其次就是没有领导能力，不会适当地安排下面的人去工作，还责怪别人不会去找工作做，那就是领导无方。

很多时候她也会想，如果当时她是陈丽，那么自己会怎么做呢？

面对一个毫无工作经验的人，是花时间去教还是一脚踢开，别浪费自己的宝贵时间？

她摇头，都不是，但她会安排下去，让其他的同事带她，但她会说明，既然有心做这个，就得立下生死状，我教你，你不用交学费，但必须要签三年的合同，也就是在这里工作三年，要不然教会了你，你再另谋高就我不就亏了？

这样一来，皆大欢喜，新人学到东西，我也能留住人才，一举两得，又不会暗中结怨，招人话柄。

可人啊，总是看着眼前的利益，从不去想以后的事，又或者以后你的事跟我没有关系。

这个圈子本来就这么大，大家抬头不见低头见，真的没必要。

小雨见她沉默，安慰她："别想了，听说她都要离婚了，你跟她计较不就是跟她一般见识嘛？相信我，日后是她拍马屁都追不上你，而你，真的没必要回头看她一眼。"

周芷康才明白陈丽其实跟她一点关系都没有，她喃喃地说："是啊，她跟我早就已经没有了关系，干吗要花力气去恨一个毫无关系的人？"

小雨吁了一口气："总算是想明白了。"

二十二 我不是贱,是珍惜

胡明博在陈丽打来无数个电话后，终于接了她的电话，他说："我说过房子给你，存款给你，我等于是净身出户，你还有什么不满意的？"

陈丽感到手脚冰凉，她压低声音说："难不成你结婚就是为了离婚？"

"我只是不希望你这么过，你应该找一个更好的人，他懂得照顾你，能陪伴你的人。"

陈丽咬着牙说："我不需要。"

"那就离吧，大家成年人，好聚好散。"

陈丽不放弃，她猜测："你是不是外面有人？"

女人一般这么问，就是想再给对方一次机会，如果对方说：怎么会呢，你想太多了。她也可以松一口气，或许还能开心个半天。

没想到胡明博说："哦，对，你猜对了，我不是好男人，我移情别恋，那就离了吧。"

"你……外面有人？"陈丽差点儿一口气上不来。

"是你这么说的。"

"我就问一下你。"

"行了，有人就净身出户，没人，我还得回来跟你抢房子，你自己考虑清楚吧，婚是要离的，拖下去对大家都不好。"

"我不离。"

"那就等着接我的律师信吧。"

"真的没有转折余地吗？"

"你看有转折的余地吗？"胡明博挂掉了电话。

陈丽握着电话绝望而冷静，她知道他的脾气，他决定的事是会坚持到底的，这可怎么办才好呢？

她拿起手机翻开通讯录，看见老同学珍妮二婚，前不久跟现任丈夫还生了个男孩，她试着发信息问她过得怎样？

珍妮倒是很快回了信息：挺好的，你呢？

陈丽很少发朋友圈，外人如果是通过微信朋友圈去了解她，是不可能知道她的生活状态的。她说：也挺好的，就是刚刚想起你，问问你。

珍妮说：我刚生了，过不久要去上班，也是刚好有空可以聊，要不咱们找个地方出来聚聚？

陈丽迟疑，她只是单纯地想找个人聊聊天，并不想去见任何人，或吐露心事，可是珍妮并不是其他人，她是从小学到大学都一起的同学，后来工作了大家才聚少离多。

珍妮见她犹豫，知道她有话要说，便道：我一个人出来，半个小时到。

陈丽感到内疚：孩子还那么小，你离开可以吗？

珍妮说：没关系的，我婆婆可以帮忙带几个小时，你也准备一下吧。

两人见面，陈丽问："你怎么知道我找你有事？"

"大家同学这么多年，你心里怎么想的我还能不知道吗？说吧，这次又是跟胡先生吵架了？"珍妮虽然历经沧桑，可脸上依然一片云淡风轻，初为人母的光辉在她脸上表露无遗，是慈爱与理解同在。

陈丽垂头："这次不是吵架，是离婚。"

"什么？"珍妮大吃一惊，"谁是过错方？"

陈丽摇头："大家都没错。"

珍妮不解："那为什么？"

"大概是婚姻生活无趣,他仍然觉得一个人来去自如更舒服吧。"

珍妮点头:"我明白,单身久了会觉得婚姻是累赘,可他都结婚那么多年了,孩子都那么大,他才知道单身的好处?关键是这么多年,你独立能干,并没有给他添麻烦啊。"

"所以他宁愿把房子与存款都给我,来换取他所谓的自由。"

"一点儿都不留恋?"

"是的,他只等我想清楚了去签字,他说只要还他自由,他会感激我一辈子。"

"这么迫不及待?是不是外面有人?要不然他急什么?"

陈丽摇头,突然像所有力气都离她而去那般斜靠在咖啡厅里的椅子上,她说:"我偷偷派人调查过他,他一个人没跟异性来往,就连酒局都跟异性保持距离,更别指亲密关系了,至于账上,我也找人查过,他并没有大额出入,也没有私人开酒店、送礼物这些消费,我想,他可能是真的想要自由,我了解他,婚姻没结束之前他不可能让自己陷入泥沼,唯一可能的就是他有喜欢的人了,他望而却步,觉得自己并不是自由之身,配不上对方,所以他才这么迫不及待地想恢复自由身,哪怕用一切去交换。"

珍妮伸手握着她那双冰冷的手:"那你打算怎么做?"

"君子有成人之美。"

"可你是小女子。"珍妮生气了,朋友有难,她当是两肋插刀,于是她说:"别什么成全别人就是成全自己,你得为你自己打算,你还有孩子呢,还有老太太,你一个人怎么扛啊,虽然房子归你,不用你供,可也不能折现,这么多年就换来一套房子与二十万现金？怎么都说不过去，结婚证就像合同一样，要毁约的是他，当然不能就这么便宜他。"

"那你的意思是？"陈丽有点儿看不懂了，由始至终离婚都不是她想要的，如今看来这婚是不得不离了，可她居然想着就这样按照胡明博提出的条件，接受吧，好聚好散啊。

珍妮却说："我记得他在北京城还有个四合院？"

陈丽不得不佩服珍妮惊人的记忆力，她点头："是他父母临出国的时候留给他的，好像是写了他的名字。"

珍妮点头："那他就有权力支配了，你问他拿那院子，甚至可以拿现在的房子交换，就说是为了孩子着想，你要说，大家年纪都那么大了，养个孩子不容易，你离开倒是轻松了，可总得留点什么给孩子吧，是他的孩子，他不会不为孩子日后作打算。"

陈丽瞪大眼睛问："孩子成为筹码了？"这是她最不想看到的，大人的事，一旦牵扯上孩子就变味了。

珍妮自然是明白她的心意，说："不算，充其量让他爸多为他着想，你想啊，离婚前你可以提条件，如果都离婚了，他才不会再理你呢。"

道理当然都明白，可是陈丽仍然有顾虑，北京的四合院意味着什么？可能是胡明博最后一道防线了，如果他答应，那等于自由比一切都重要，如果他不答应，反而变得面目狰狞，太可怕了。

可是都走到这一步了，她没有后退的余地，只有尽力一搏吧。

回到家看见门口有一双男人的鞋，她跑进去："明博，是你吗？"

只见胡明博打开衣柜往行李箱装衣服。她问:"你这是要搬出去?"

"我的律师会告诉你去签字的。"胡明博依然忙着。

陈丽忽然感到他在收拾东西的动作十分滑稽,她冷笑:"房子、孩子都不要了,还要这些衣服干吗?"

胡明博停下手:"为什么到最后都要互相伤害?"

陈丽看着他没有表情的脸,忽然间没了气,她知道自己的脸色肯定很难看,但这是她唯一可以谈判的机会,她说:"离婚可以。"

"早这样我就不用请律师了。"

"你把爸妈给你的四合院留给我跟孩子,我去签字。"

胡明博大吃一惊:"什么?那是我父母留给我的房子。"

"他们是留给我们,给孙子的房子。"

"可现在我们要离婚了。"

陈丽咬了咬嘴唇,一个字一个字地蹦出来:"那是你要离婚。"

胡明博长长地吁出一口气,点点头:"原来你是要赶尽杀绝。"

陈丽的耐心有限,她尖叫:"是你要离婚的,不要含血喷人。"

"拿了那个四合院对你有什么好处?"胡明博问。

"我是给孩子,你以为是我要?他已经没有爸爸了!"

"够了,我永远是他爸爸,我会负起做爸爸的责任,我们只是不在一起生活而已。"

"你知道孩子半夜发烧是谁陪他去看医生吗?是我跟我妈,我们排了两小时队,孩子都烧得快不行了,你在哪?爸爸的责任？连带他看病的时间都不在，你说什么责任？难道就给抚养费是责任吗？"

胡明博知道陈丽说的都有理，但他要反驳，一时找不到词的他脱口而出："你就犯贱，好好的离了就没那么多事了，如果你不想带孩子，我也可以带。"

陈丽突然感到前所未有的疲惫，她说："好，你把孩子带走吧。"

胡明博看了她一眼，把行李箱合上，临走前说一句："有病吧，我一个人三餐不定时，你让孩子跟着我遭罪？"

"你到底想怎样？说要把孩子带走的是你，说离婚的是你，我都让步了，我都同意了，还不行么？"

胡明博把门关上，头也不回地走了。

陈丽站在原地，看着那扇门在他身后合上，喃喃地道："我不是犯贱，我是珍惜啊。"

她把酒柜里珍藏的那瓶红酒拿出来给自己满上，待陈丽妈回来的时候她已喝得不省人事，陈丽妈看着空瓶子念叨："怎么喝那么多？"

躺在沙发上睡着了的陈丽翻了个身，眼角流出两行泪水，像在诉说难过的心事。

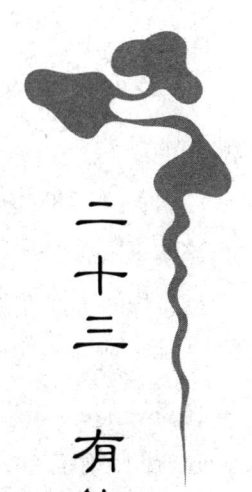

二十三 有能力爱自己，用余力爱别人

一早上，出版社办公室忙得像打仗一样，周芷康走到程子仪身边，扔下一个合同解约书："你做的那本书实在抱歉，公司衡量了一下，决定跟对方解除合同。"

程子仪一脸不解："这本书已经快要下印厂了，为什么要解约？"

周芷康本来准备走了，听她这么问，停下来说："公司认为这本书哪怕是出了也要赔钱，你好好安抚一下对方，真的很抱歉，拖的时间太久，已经失去新鲜感，没有市场。"

程子仪一脸颓废地倒在座位上，前不久她还发了书的封面给作者，隔着屏幕她都能感受到作者的喜悦，如今要跟作者说解除合同，她需要缓缓。

待周芷康走远，同事周蒙转过身来，拍拍她的肩："加油，别气馁，我听说别的部门砍得更厉害，就连那些没有稿费的作者的书都被砍了，出版业是真的一年不如一年了。"

程子仪一脸无奈："谁都知道，一本书成本就在那里，可也不能做了一半就跟人解除合同吧？以前可是从来都没有过的事啊。"

"从今往后就有了，我们要适应时代，要不然就会被社会淘汰了，做了编辑那么多年，你手上应该也有很多出版社资源，要么在告知对方解除合同之前跟出版社联系一下，看有没有出版社愿意出的，也算是帮对方一个忙。"

程子仪听完只好说："拖了人家那么久，也是应该的，我现在先帮她找找出版社吧。"

"加油，天无绝人之路。"

程子仪仍然不乐观，她说："很多同行听到风声，都在找后路了，有些都回老家准备干些小生意，你说我这种混日子的，也熬不到最后吧？"

周蒙属于那种乐观的人，他说："反正车到山前必有路，我觉得这就当是一次大洗牌，剩者为王，出版社不会灭的，还是有人需要看书，拿着书看与看电子书看是两个感觉，书是有质感的，是专一而愉快的，是最低的娱乐消费，并且可以收藏，我觉得书不会灭绝，只要有需求，就有存在价值。"

程子仪仍然提不起兴致，说："只有走一步看一步了。"

"优质作者很多，需要花心思去培养，别气馁，下班请你吃好吃的。"

"也好，早就吃腻了食堂，我们去吃北京烤鸭？"

周蒙一脸难为情："可我也吃腻了北京烤鸭。"

程子仪想了想："不如去吃火锅吧，只要吃火锅我就能开心起来。"

"那就去吃火锅吧。"

小雨说过，不要在一棵树上吊死，投资需要学会分散投资，投稿也是，别认准一个出版社，如果那出版社财大气粗也可以，但目前这种情况，很多出版社能维持正常运转已经很了不起了，所以建议周芷康把稿子投到别的出版社去，给自己多留一条后路。

这是做人道理，也是工作经验。

周芷康夜以继日地不停写作，手头上已经积累了一些稿子，她把稿子投给一些相熟的出版社，也给一些熟悉的编辑朋友投了一些，大部分都很顺利，也不知道是不是因为她本人的原因，毕竟圈子就那么大，大多数人都知道她的名气，她是杜一的女友，也是出版业的风云人物，谁都盼望结识她，反正投出去的稿子很快就签了。

她也没想那么多，签就签了，对方给她多少稿费她也不在乎，她希望在这么多本书里，有一本能够登上大雅之堂，比如被改编，拍成电影、电视剧什么的，也算是不枉此生了。

然而坏消息却接二连三地到来，其中就有一个关系很好的女编辑亲自打电话给她："周老师，您看，我们也是讨论了好久才决定把您的书暂时搁下的，其实这本书我们也很为难，都已经走到下印厂这一步了，前期做了那么多工作，如今卡在资金问题上，我们不得不这么做，希望周老师能理解。"

"没关系，你们出解约合同吧。"挂了电话，周芷康感慨：真是风水轮流转啊，这年头想干些事真不容易。

她正头疼这本书应该怎么处理，以她的性格，不可能让它烂在自己手里的，但又不能利用职权去做一些违背良心的事，她想了想，打电话给杜一："书有了，但你认为潜规则有么？"

杜一一惊，问："有人想潜你？"

"潜了会红？"

"等等。"杜一调整了一下坐姿，然后说，"我还真没看见谁被潜了会红，你可千万别做傻事。"

"我敢做这事，你就敢灭了我。"

杜一见她这么说，放下心头的大石："知道就好，怎么啦？出版遇到问题了？"

"总不能每本书都在本公司出版吧，别人会以为我走后门走得很爽。"

"什么书？"杜一问，他永远知道问题所在。

周芷康答："情感励志书。"

"这类书一直在走下坡路，能混起来的也没几个，要不我来给你包装一下？你去考个心理咨询师证，我好安排下去。"

周芷康沉默了一会，说："我其实只想做一个安静的作者，最好像玛琳一样靠一本书走红，以后我就是卖版权都够吃好几辈子了。"

"那你只有改变写作方向了，鸡汤书很难有出头之日，琼瑶也是写了好久才出名的，别气馁，建议你去写小说，什么小说都尝试一下。"

"我跟编辑再商量一下。"

"也好的，出版那一块我不是太了解，你多跟别人碰撞，很快就有灵感了，但如果你需要后期的推广与包装，我可以帮你。"

"谢谢你，有你真好。"

跟编辑讨论的结果是，尽量避开历史剧，古装剧，最好走现代化潮流剧，为什么呢？因为拍摄成本低啊，现代的衣服鞋袜首饰等都不需要重做，现有的东西没有什么成本可言，从服饰到首饰都可以问人借，能借就不用买，这样一来成本就低了。

周芷康感觉自己又学到了东西，看来交流与沟通才是进步的垫脚石。

看过很多小说，可写起来却很难，怎样将一个故事诉说得引人入胜，一环紧扣一环很重要，写得太过真实又显得血淋淋，杜撰出来的又显得没有灵魂，总之就是难。

她决定先把大纲写出来，再修改大纲，接着便写目录，一小节一小节去完成一本书。之前也写过两本，都显得太平淡，剧情没有跌宕起伏，很难让人记住。都是技巧加经验，一整天她就研究怎么写小说去了。

要不是她是高管，她的事情可多了，现在抽空研究这个真得感激自己在这几年的打拼，换了别人，哪有工夫在这研究小说里的每个细节的剧情？

很多时候我们看见高层很闲，事实上他们确实也很闲，除了有大事发生，一般都是回去决定一些事情，开几个会议就下班了。所以才有那么多人努力往上爬。看着窗外霓虹灯亮起，一天又这么悄无声息地过去了。

回到家的时候看见书房的灯亮着，门虚掩，里面传来细碎的说话声，知道杜一回来了，正在里面打电话。

她哼着歌在厨房里下面条，煮好面条后轻轻推开书房的门探头进去，杜一还在打电话，她想问：在外面餐桌吃还是在书房吃。

杜一已经向她投来噤声的眼神，看来这个电话比较重要。

她悄悄把面放在他的书桌上，听见他支支吾吾地说了几句，那边隐约传来一阵娇滴滴的女声，她也没觉得什么，离开的时候听见他说："如果事情多那就一件一件去做吧，不用着急，对了，我也送了礼物给你，你收到了吗？"

礼物？周芷康忽然想起自己跟杜一在一起已经快一年了，似乎什么节日都是一束花，一顿晚饭就解决了，从来没有什么礼物，这女子到底是何方神圣？女人直觉告诉她，这女子不是一般的人。

她暗暗留了个心眼，假装什么事都没发生，默默地在餐桌上吃完面，收拾好了之后，拿出笔记本收集资料、写稿子。

从那以后她发现杜一似乎有跟别人聊电话的习惯，有时是微信语音，时间都比较长，一打电话或语音就差不多一个小时左右。

她可以确定，是同一个人，对方到底是什么来头？

就这样过了一个多月，她实在忍不住，有一天晚上她趁杜一去洗澡的时候翻看了他的手机，拿起来的时候她也在犹豫，偷窥别人的隐私真的好吗？

可是好奇害死猫，在好奇心的驱使下，她还是打开了手机屏幕，熟练地输入手机密码，点开微信聊天记录，逐个逐个女性朋友翻下去，翻的时候她心跳加速，手心冒汗，紧张，可是她必须得在今晚知道这一个多月来是谁跟杜一聊得那么好。

很快她凭直觉与聊天记录找到了那个女人，从头翻下来好几十页纸那么多，边翻边心寒，原来杜一跟她可以有这么多话题聊，她会主动打语音给杜一，杜一有时忙接不到，事后会跟她解释自己为什么没接到她的语音，她给杜一送各种土特产，并不是什么贵重的东西，可是杜一一一照收，一开始的时候杜一说，别寄了，等见面的时候你亲自给我不好吗？她不依不饶，霸道地说，把地址甩过来。杜一把公司地址给她了，她就不定时地寄一些土特产过来。

翻到最后，她看到杜一送给她的是一条卡地亚钻石项链，还是款限量版的项链，周芷康突然感到很难过，她作为一个正牌女友，全身上下几乎都是自己买的，当然，有些是用杜一给的钱买的，可并不是他的心意。

她心寒的是，那女人明知道他有女朋友，还一个劲儿地向他示好，并且他似乎也没有拒绝她的意思。男女之间的感情就是这样吗？在暧昧中沉沦？还是大家都享受这种暧昧关系？

听见浴室的水声没了，她连忙把手机还原，可一颗心却起伏不定，她不知道如何是好，是不经意跟杜一提起，还是打探式去问杜一一直打电话给他的人是谁？

她心里很乱。

杜一回来，身下围着洁白的浴巾，头发湿湿的，在今天以前她看到他这个样子，会十分欣赏地看着他，可今天不一样，她假装累了，躺在床上背对着他。

杜一也没发现异常，擦干头发倒在床上，关灯，拿起手机，回了几条信息，关上手机，拉起被子，不一会儿呼吸均匀，他已熟睡。

黑暗中，周芷康的泪水莫名其妙地流了出来，她思潮起伏，睁着眼睛盯着黑暗中的某一处，想着一些乱七八糟的事情，她已经有了最坏的打算，如果杜一对那女人是认真的，那么自己会选择退出，三个人的恋爱太累了，不如好聚好散。

就这样迷迷糊糊睡了过去，还好第二天是周末，不用上班，她舒舒服服地睡了个懒觉，醒来的时候室内一片明亮，打开窗帘，外面阳光灿烂。

拿起手机一看，原来已经十点多了，一条未读信息，是杜一发来的，他说今天有事回上海一趟，如果事情顺利，下周一会回来，冰箱里有牛奶与鸡蛋，好好照顾好自己。

她回：好。

忽然的陌生感让她不知道如何面对这个男人，她起床洗了个热水澡，将一切疲惫冲掉之后，认真吃了早餐，拿起手机给小雨打了个电话，小雨听完在电话那边沉默，过一会儿她说："我没有恋爱经验，但这种情况是不正常的，一个男人，在有女朋友的情况之下还不明确拒绝别的女人的示好，我认为杜一的态度是有问题的，要不你先冷静一下，等他回来好好跟他谈一下？"

周芷康明白，解铃还须系铃人，这种事，别人最多给自己参考一下，出出主意，实际上没多大用处，但跟小雨聊完之后，她心里确实是舒服了许多，她努力找两本感兴趣的书看看，因为看书可以让她平静下来，不再去想杜一跟那女人到底有什么隐瞒着自己的事情。

她找到亦舒的那本《我的前半生》，这本书很久以前她就看过，之后也曾无数次反复阅读，马伊琍与袁泉主演的《我的前半生》，家庭与男人都不是女人的全部，事业反而可以让女人做自己，男人是靠不住的，唯有自己的谋生本领可以让自己活得洒脱又自在。如果男人变了心，哭与闹都是错，就连在他面前呼吸都是错。

既然这样，不如放下。

可那胸口的疼痛又是怎么回事？

或许有时候念念不忘的不一定是爱情，而是自己的回忆和执着，放下太简单又太难了。

很多人在感情面前容易放弃，就好像刮刮乐一样，刮出"谢"字就可以放手了，何必非要把"谢谢惠顾"全部刮出来才放弃呢？

周芷康觉得自己也是这样，她想，真相是什么重要吗？重要的是自己不必再为这件事纠结，白白浪费时间才是对的，她还有很多事情要做，她要审稿，她要写稿，她还要出去逛街买衣服喝下午茶，哪一件事不比盯着一个男人重要啊。

这边，小雨结束了与周芷康的通话后，连忙拨了个电话给杜一，电话响了很久才接通，她听见对方的环境有点儿嘈杂，问："方便说话吗？"

杜一——如以往的简洁："你说。"

小雨单刀直入："芷康发现你跟一个女人最近走得比较亲

密?"

杜一一愣,随即他选择了坦白:"一个合作伙伴,一些工作上的往来,至于送礼,完全是礼尚往来,我无法阻止对方对我的感情,但我可以保证的是没有做对不起芷康的事,希望你相信我。"

小雨快人快语:"你没做过,不需要我去相信你,只要你认为没做错就好,但作为女人,我得提醒你一句,女人天生敏感,不要让自己的自以为是伤害到她,虽然你跟对方没发生什么事,可是对方可能不是这么想,她可能在想,既然你不拒绝我,那么我是不是有机会取代你女朋友,做你的新女友,作为你们俩的朋友,我希望看到你们都好好的。"

杜一不知道这样也会伤害到周芷康,他问:"芷康还跟你说什么了?"

"她只是把事情陈述出来,并没有说她自己到底是怎么想的,但我知道,她越是不动声色,心里是越难过,我看,这是你们之间的一个劫数,需要你们自己去化解,我还得提醒你一句,别以为在她面前坦荡荡地与另一个女人讲电话,时长还是一个小时,我相信没什么工作是不可以在二十分钟内谈好的,也不必去讨好对方互赠礼物,始终男女有别,何况她对你还是心怀不轨的,如果因为一个无关重要的人而失去芷康,你会心痛吗?"

杜一明白她说这些话的意思,他说:"那你的意思是我应该怎么做?"

"如果她没主动提起,你就当什么事都没发生吧,但答应我,不要再跟那个女人联系了,除了工作,也别说那些有的没的,你能做到的话应该就没什么事了。"小雨好歹是个女人,知道周芷康介意的是什么，她不是怪杜一有事瞒着她，而是介意杜一不把她当回事。

女人嘛，再强大到底是个女人，也需要有个人把她捧在手心里，视她如珍宝。

杜一听完小雨的话没有一口答应，反而问："为什么她有事不先找我？"

小雨叹了一口气："因为她爱你，还在给你机会，你想想，如果她第一时间找你，而你又恼火她偷看你的隐私，那么你们俩肯定都会控制不住自己的情绪，这样一来对彼此的感情都是一种伤害，你也不会心平气和地跟她说这只是你的一个合作伙伴，你们俩什么都没发生，所以她先找我，当然，她也没有编排你，不会将你当成小说的男主一样把故事自己写下去，所以，回去之后你要做的是给她足够多的安全感，如果觉得说出口很为难，那么就用行动去表达你对她的爱，比如在睡觉的时候抱抱她，给她盖盖被子，偶尔在她写稿的时候为她的杯子添水，但不要刻意去做这些事，要不然就显得没诚意了。"

杜一听完忍不住笑了起来："小雨，你说你没男朋友，谁信啊。"

小雨无奈地翻了个白眼："我是编辑好吗？我没经历过，但我都看过类似的情节啊，回去也不用刻意给她买手信，总之一切都按平常的来做，但真的，不要让别人介入你们的二人世界，很多人羡慕你，祝福你，也会有人妒忌你，或想拆散你们，特别是你的对手。"

最后一句杜一倒真的听进耳朵里了，他很快把在上海的事情处理完，星期天晚上迫不及待地赶回北京，下飞机的时候已经是深夜十点，他叫了专车直奔家里，回到家发现以往习惯熬夜的周芷康已经睡了,家里一片漆黑,他蹑手蹑脚走进屋里,不敢出任何声音,甚至连灯都没开,正当他放好行李准备去浴室洗澡的时候,突然在漆黑的客厅里蹿出一个人影,手上拿着个棍子,不偏不倚一棍子打在杜一身上,周芷康问:"你是谁?"声音中透着颤抖。

杜一忍着疼痛说:"是我,芷康,是我。"

听出是杜一的声音,周芷康扔下棍子转身去开灯:"回来了怎么不跟我说一声,我还以为是进贼了呢?没伤到你吧?"

杜一勉强笑了笑:"还好刚刚你不是朝我的头打下去,要不然我可能就晕倒了。"

周芷康责怪他:"这时候你还有心情开玩笑。"边查看他的伤势,见只是肌肤表面红了一块,她说:"要用冰敷敷,要不然明天就会肿了。"

杜一见她紧张的样子,心中一暖,一把抓住她的手:"没关系的,倒是你,怎么睡觉不把门反锁?这里治安是很好,但万一呢?我才离开几天,你太让我担心了。"

周芷康逞强地道:"怕什么,我一个打十个。"闯荡江湖那么多年,就差没住过公园了,以前好歹是混混出来的,这里到处是监控,她真的一点儿都不担心,可是也有点儿后怕,万一今天晚上进来的不是杜一,是别人,自己真的不怕吗?未必。

杜一也不再责备她了,他轻轻抱了抱她:"我去洗个澡。"

周芷康问:"饿了吗?我去给你煮个面?"

杜一说:"不用太麻烦了,飞机餐虽然不好吃,但填饱肚子是没问题的。"然后俯身在她额头印上一吻:"等我。"

周芷康点点头："嗯。"

看着他走进浴室的背影，不知为什么，之前的委屈与难过似乎都一扫而空，取而代之的是感激自己没有一时冲动去质问他，男人都经不起推敲，结果只有两个，万一他们已经产生感情，那就没什么好讲的了，如果他只是生意来往的合作伙伴，那自己就显得小题大做，不相信他，无论哪一个都是不好的结局，还好自己稳住了。

想到这，她暗暗舒了一口气，冲动是魔鬼，还好自己没做冲动的事。

晚上睡觉的时候，杜一主动抱着周芷康入睡，那一晚周芷康睡得特别踏实。

第二天一早周芷康接到电话，电话里小雨焦急地说："还记得琳琳吗？咱们班的班花，婚姻出现问题，现在人已经站在楼顶了，就在你家附近，你去劝劝她，也许能救她一命。"

周芷康边拿着电话，边换上外出服："地址给我，我去试一下。"

"记住，不要说过激的话刺激到她，她现在情绪很不稳定，你先拖住她，我马上赶过来。"

"明白了。"穿好衣服的周芷康急匆匆地往外赶，来到事发地点，楼下已经围了一圈人，有警察打好气垫等着琳琳跳下来，周芷康跟警察说明身份，警察放她上去。

电梯不到楼顶，只能坐到30楼，走两层楼梯才能上去，因为走得太急，当她气喘吁吁地出现在楼顶时发现楼顶也有不少人。

她再一次表明身份与来意，家属让她去劝说，她走上前，琳琳见她上前就大喊："别过来，你再往前一步，我就跳下去。"

周芷康举起双手:"好,我不走,你站着别动。"

大学毕业已经好多年没见面的同学,琳琳与周芷康已经都不是当年的模样,琳琳问:"你又是谁?"

"周芷康,张琳琳,我们以前是同学,你还记得吗?"周芷康心里着急,但仍然耐着性子说。

"你来干什么?来看我出丑吗?"想当年张琳琳是学校里的风云人物,怎能让老同学看到自己如此不堪的一面?

周芷康连忙说:"没,你看你说的,我过来是帮你的,我明白,一个女人毕业没多久就选择了家庭,孩子也有了,却发现老公有外遇,这换了谁都受不了,但听我一句劝,死真的不能解决问题,你想想你年幼的孩子,多无辜啊,还有那辛辛苦苦把你养大,供书教学的父母,到头来白发人送黑发人,多惨啊。"

张琳琳愣住了,她倒没想那么多,自从发现丈夫有外遇之后,她第一个念头不是找丈夫去解决这件事,而是觉得自己活得好没意思,说好一辈子的,怎料结婚才几年,丈夫就违背了当初的承诺,她觉得不如死了一了百了吧。

现在听周芷康这么说,好像也是很有道理,自己死了,那孩子怎么办?父母怎么办?多难过的一件事情啊,他们该怎么面对以后的人生?

周芷康见有效,继续说:"除了死,还有很多选择,你的人生还长着呢,为这么一个渣男丢了性命,值得吗?"

张琳琳愣愣地问:"那我应该怎么办?"

周芷康道:"那我问你,你还想跟他一起过吗?"

张琳琳摇头。

周芷康试探着问:"离婚?"

张琳琳沉默。

周芷康说:"我明白了,要离婚就要争取最大的利益,有外遇的人是他,不是你,过错方应该净身出户,我会帮你。"

张琳琳的眼里燃起了希望:"你会帮我?"

"你先下来。"周芷康作正确的引导。

张琳琳还犹豫,一看到不远处父母互相搀着,泪眼婆娑地看着她,她就感到特别难过,正准备走下来,脚一软,差点儿摔倒,周芷康离她最近,一个箭步冲过去,把她拉了下来。

一下来张琳琳就崩溃了,她哭诉:"我从大学二年级开始跟了他,这些年来尽忠职守,恪守妇道,我哪里对不起他了,他就是太平日子过腻了,在外面寻花问柳,如果不是那女人打电话给我,我还被蒙在鼓里。"

家家有本难念的经,周芷康听着也心酸,谁不想结婚后夫妻恩爱,白头到老啊,既然事情已经走到这一步,作为同学,能帮就帮吧。

她说:"那女人打电话给你,叫你成全他们?"

张琳琳看了看围观的人群,默默地点点头。

周芷康知道家丑不宜外扬,有些人巴不得看到别人不好,谁都有一帆风顺的时候,也有逆风而行的时候,如今张琳琳冲动之下爬到楼顶作势要跳楼已经成了别人茶余饭后的话题,至于故事的背后肯定会有诸多猜测,既然是猜测就不是真的,至少离真相也有一段距离。

与其让真相展示在大家面前,不如把真相的想象力留给广大观众吧。

周芷康拉着张琳琳:"找个安静的地方,我给你捋捋事情,把解决问题的办法找出来好吗?"

张琳琳想了想,也只能这样了。

扶着张琳琳下楼的时候周芷康才松了一口气,刚才她真的很怕自己哪句话说得不对,张琳琳一冲动往下跳,虽然说下面已经铺好了充气垫,可想想万一呢?万一张琳琳就这样走了,她会一辈子责怪自己的。

她安慰了一下张琳琳的父母,答应事后把张琳琳完整无缺地带回来,才把张琳琳带走。

路上她给小雨发了个信息:去一棵树咖啡厅,我现在带她过来。

小雨见到信息,心里也暗暗松了一口气,改道直奔一棵树咖啡厅。

到的时候周芷康已经在那里等着了,小雨的出现让张琳琳有些不安,周芷康说:"小雨打电话给我的时候我还在家,没想到我们两家住得那么近,也没遇到过一次,这次多亏了小雨,我才能及时赶过去,张琳琳,人都是要成长的,希望你记住今天,生命来之不易,要珍惜。"

张琳琳惭愧地低头:"我没想那么多,只觉得太难过了,不如死了。"

小雨见周芷康有点儿严厉,怕吓到张琳琳了,便劝说:"都过去了,人没事就好,现在问题该怎么解决?"

周芷康想了想,认真地问:"先理一下你的财产,结婚后夫妻经济独立么?"

张琳琳见她那么严肃,连忙也正了正姿态:"结婚那么久,都是他负责养家,我没有收入来源。"

周芷康暗道:糟了。表面上她不动声色地继续问:"那产业呢？你名下的有多少？比如车子、房子、股票、公司等。"

"我们住的别墅是我名下的，可这个是婚后财产，应该属于夫妻共有的，其他的，我有一辆白色的宝马，现在市值一百多万吧，其他的就没有了，我一直在家安分守己地做家庭主妇，也没想那么多，什么公司、股票我都不太懂，所以都没插手。"

周芷康道："这么说吧，哪怕你现在有证据证明他出轨了，到法院打官司，财产也有可能是夫妻对半分，实话，你分走他一半身家其实对他打击很大，按道理说法院的判决是最公平的，毕竟你这么多年没工作，但站在人道立场，你在家做家庭主妇，也是一份职业，至少有你在就不用再请阿姨打扫卫生，做饭洗衣了，找个说法就是，你用自己的时间去做家务，而没有在外面工作赚取酬劳，而你先生只负责你的衣食住行，并没有多付酬劳，所以，你应该争取属于自己的东西，包括婚后一切你们共有的东西，都应该有你的一份，现在做错事的人不是你，你要有勇气去打这场仗。"

小雨在一旁听着，这时她点点头："咱们不怕，我记得我们的班长毕业后去考了个律师证，我们可以请他帮忙打官司。"

周芷康又说："这种事能私了最好私了，打官司太耗时间了，特别是离婚官司，三五年打下来我担心琳琳扛不住，而这段时间，足够对方把所有财产转移了。"

小雨与张琳琳听后都张大了嘴巴，异口同声地说："转移财产？"

周芷康点头："是的，转移财产，就是把原先所拥有的，包括存款、物业、车子这些不动产，存款可以转存，拐几个弯就查不到款去哪里了，物业和车子都可以卖掉，这么一来，你们之间就剩下没多少可以分的了。"

张琳琳一听急了："那现在该怎么办？"

"约那女人出来谈，看看对方的态度，如果她真的很爱你先生，那你就割爱，反正这种人留着也没用，你就抱着一种扔垃圾的态度去面对她，但要记住，这垃圾可是贵东西，虽然在你这里已经一文不值，但那女人如果把他当宝，那就可以把价钱开高点。"

张琳琳问："多高？"

"你明明想要两百万就够了，但一定要开到两百八十万，做买卖嘛，买方总会压压价的，等她把价压到两百万以上，跟你心目中的数字差不多，你就可以出手了。"

小雨忍不住两手一拍："行啊你，周芷康，平时看你傻不啦叽的，紧要关头这么能算。"

周芷康苦笑了一下："别忘了，我可是混过江湖的人。"

张琳琳这时总算明白了，丈夫那边最好逼他净身出户，那女人那么想要她丈夫，那她就去开价，反正不拿白不拿。

于是她又问："如果那女人觉得价格太高呢？"

"那你就说，你不是真爱他，如果爱，是不计代价的，然后把早就准备好的录音拿出来，跟她说如果不同意，就把录音拿给你丈夫，你也知道，一个做小三的人，最怕别人说她贪图男人的金钱，这么一来，她不答应也得答应。"

小雨连声赞道："高。"

周芷康想了想，补充道："如果你丈夫知道这事，也别慌，你就说，什么东西都有个价，你觉得两百多万低，我可以开高点，就不知道那女人有没有购买的能力，毕竟现在法律上你是我的丈夫,我孩子的父亲。"

张琳琳频频点头,都拿电话出来把周芷康说的话录起来了。

周芷康问:"平时你跟夫家那边的亲戚关系怎样?"

张琳琳说:"都挺好的,但不敢确定在这种关头他们会站在我这边,毕竟都已经谈到离婚了,肯定是以我丈夫的利益为首位,平日我对他们不薄,过年过节什么的都有送礼,走得也比较频繁,我公婆这边更是视孙子如珠如宝,平时也对我像他们的姑娘一样没分别。"

周芷康点点头:"如果他们要孩子,你就给他们,不要争,一争你就有软肋了,记住,你的孩子永远都是你的,谁也抢不走,但话要说到位,比如:孩子当然是由亲生母亲抚养最好,少了母亲照顾的孩子就像野草一样,谁都代替不了你在孩子心中的地位,老人家如果明事理的,会让你带走,至于你先生,他理亏,估计也不会说什么。"

张琳琳此时此刻已经彻底相信了周芷康,她由衷地说:"还是你想得周到。"

"只是旁观者清而已,如果你丈夫回去对你献殷勤,你得冷静,别什么浪子回头金不换,舍不得又或者不忍心,你要记住,出轨只有零次与无数次,你原谅了他这次,他下次只会更小心谨慎,不被你发现而已,本来对于夫妻这种事是应该劝合不劝离的,但如果是家暴、出轨、嫖、赌,那就另谈了。"

张琳琳像被对方看透内心所想一样,惭愧地低下头:"我明白了。"其实她冷静下来也有想过,如果丈夫肯认错,自己是不是该给他一次改过自新的机会呢?但如今听周芷康这么说,立马坚定了决心,她要狠心,要不然他就会对自己狠心。

事情都理清楚了，但最终上战场要张琳琳自己去，旁人只能给她适当的建议，她要打赢这场仗，就得亲自上阵杀敌，别无选择。

在回去的路上，小雨问："行啊，周芷康，你是怎么知道那么多的？"

"电视剧都是这么演的，这有多难，夫妻本是同林鸟，大难临头各自飞，更何况一个做贼心虚，一个理直气壮，放心，只要张琳琳下定决心，想不难都很难。"

小雨望天长叹："都是套路啊。"

周芷康也有感而发："所以做人千万不要行差踏错，一失足成千古恨，这句话不是没有道理的。"

"你说男人就那么管不住自己吗？"

"有句话说不吃白不吃，至于吃了有什么后果，当然是先吃了再算。"

"那是畜生，禽兽不如。"

"所以，我也没说他是人啊。"

小雨忽然有点儿担忧，她试探地问："你跟杜一……，没事了吧？"

周芷康深呼吸了一口气，然后说："谢谢你，其实你帮了我一个很大的忙。我们没事了，我相信他。"

"那就好，恋人之间最忌讳就是互相猜疑，如果连最基本的信任都没有，那么继续下去也没意思。"

周芷康苦笑："可我始终认为原则与底线是要有的，连这点儿都分不清，还给予对方希望，那也太坏了。"

"别人也没跟他表白，只是试探。"

"疯狂试探一颗真挚的心，他不可能看不出来的，而他并没有拒绝，也没有暗示停止，虽然不能确定他是否也享受这种暧昧关系，但可见人心之可怕。"

小雨开导她："也许他怕麻烦，毕竟别人没表白，自己也不知道如何拒绝，把关系搞得太僵，以后合作还怎么继续？"

"不是所有合作关系都必须这么暧昧的，我看张总与陈总就没这种嗜好。"

小雨笑了笑，说："那是你没跟他们生活在一起，不了解对方的私生活，据说为了发展，很多关系不必挑明，但底线一定是有的，如果是交易，也不应该是肉体与情感的交易，傻丫头，商业世界，讲究的是金钱。"

被小雨这么一说，周芷康才恍然大悟。

商业世界，没有感情可言，一沉百踩，切勿有把柄被对方握着，更不能行差踏错一步。

二十四 爱情很好,友情也很重要

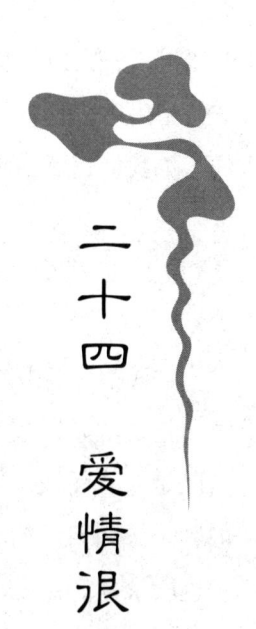

张琳琳回去后冷静下来，她首先约丈夫谈话，丈夫的态度很恶劣，并不认为自己出轨是错的，甚至认为这是男人都会犯的错误，怎么到了他这里就变得罪无可恕呢？

张琳琳跟他分析了一下："你想想，如果你对我有感情，你害怕我知道了会伤心，但你仍然去做了这个让我伤心的事，证明我在你心里并不重要，既然事情都已经发生了，我们应该是想办法去解决问题，而不是幼稚地一味去逃避问题，不是吗？"

"我不会离婚的，你想都别想。"她丈夫态度十分坚定。

张琳琳只好换一个策略，软的不行，只能来硬的了，还好自己是有备而战，她把录音拿出来，这段录音是做过处理的，内容是证明自己的老公跟别的女人婚内出轨，她说："如果我把这段录音拿到法庭上，你认你的胜算有多少？"

这时她丈夫才发现她并不是一个在家里什么事都不管的家庭主妇，他脸色一变，问："这东西哪来的？"

"哪来的不重要，他叫李雯丽，今年25岁，上海大学毕业，在某外企任职，这些信息如果散发出去，够你们俩身败名裂了，我给你一天的时间你好好想想，明天这个时候我没等到满意的答复就把信息公布出去，别小看一个女人被逼急了的行为，现在网络这么发达，每个人都是个透明人，想要把丑事掩盖，花点钱买平安与自由也是应该的。"

她丈夫忍不住放话："你知不知道，分我一半财产等于要了我的命，如果我不在乎，我花两万块钱就可以埋了你，你信不信？"

"别傻了，法治社会，埋起我再搭上自己的命？你不会那么蠢，你还年轻，往后还有大好的光阴，为了我而赔上自己的一生，划不来。"

她丈夫勉强笑了笑："原来你早就算计我了。"

张琳琳冷笑道："这些都是拜你所赐，本以为我可以在这里做你太太，做伍家的媳妇平安过一辈子，有错的人是你，这婚姻名存实亡，我也累了，不如好聚好散，对谁都好。"

张琳琳丈夫气得站起来就走。

张琳琳本想再提醒他一句记得明天这个时候给她答复，电光火石之间她想起周芷康的话：别急，你急他倒不急了，你要装作不在乎，但要他粉身碎骨的样子。她立马选择了闭嘴。

第二天她收到那女人打过来的首期款，接受分期，是因为那女人说两百万太多了，一时半会凑不了那么多，分五期来给，先付四十万，其余的一年内付清。

同为女人，张琳琳也不想为难她，为自己的过错买单是天经地义的事，她只是没想到那女人会那么痛快地给钱，后来跟周芷康一说，周芷康分析应该是她在外企混得不错，如果有上升的机会，她是不可能为了这些感情的破事影响自己前途的，所以聪明的人都会拿钱消灾。

能让张琳琳的丈夫把持不住的女人，相信都不会是等闲货，总之收到钱就算结束了。

至于张琳琳丈夫这边，还没等到第二天中午就答应把财产一分为二，两个孩子各自带一个，双方保持探望孩子的权利，除了不在一起生活，都还是孩子的父母，一切以孩子利益为出发，不要再伤害孩子了。

张琳琳拿到房产证与一切属于自己的东西时，感到像是做了一场梦一样。

这天小雨与周芷康上门拜访，她还是住在原来的别墅，房子也没重新装修，就是少了她丈夫与另一个孩子的东西，小雨买了一些水果过来，周芷康给孩子带了一些玩具。

彼此坐下来后，张琳琳感激地对她们俩说："还好有你们，毕业这么多年没联系，你们还是那么热心帮助别人。"

小雨客气地道："别那么客气，这么多年的老同学了，大家都希望你好好的，谁都不想遇到这些破事，现在总算是雨过天晴了。"

张琳琳家的用人阿姨替她们端来了咖啡茶点，张琳琳张罗着："吃点东西，晚上就留下来吃顿家常便饭吧。"

周芷康道："那我们就不客气了，老同学聚会我感到很高兴。"

张琳琳笑得很温柔，完全看不出是个刚离婚的人，她说："大功臣是你，你要吃多点。"

周芷康谦虚地说："都是举手之劳，别放在心上。"

张琳琳诚恳地道："真不知道怎么感谢两位。"

小雨说："好好活着，把孩子和自己都照顾好，找点事情做做，遇到合适的人谈谈恋爱，能不结婚最好不要结婚吧，毕竟孩子还小，可能一时半会儿接受不了别的男人与他一起生活，当然，一切都以你的快乐为准，人生短短几十年，没什么比快乐与健康更重要了。"

张琳琳由衷地道："我明白。"

吃晚饭的时候，周芷康与小雨一看，两人默默地伸了一下舌头，这哪是普通晚餐啊，明明就是超级豪华套餐吧，看着桌子上的芝士焗龙虾，清蒸石斑，阳澄湖大闸蟹，清水小龙虾，花胶炖鸡等，小雨忍不住问："琳琳啊，你家请的不是阿姨，是国际级大厨吧？"

张琳琳说:"全都是阿姨一个人做出来的,我列了个清单给她就可以了,她在我们家服务快十年了,以前跟婆婆一起住的时候她就在,婆婆教了她很多厨艺方面的东西,比如花胶要前一天就发好,用水煮五分钟后放冰箱过夜,第二天再拿出来炖鸡,我也不懂,不过在家无聊我也会去厨房学习一下。"

周芷康说:"有时间学多点东西也好,现在外面吃饭也要很小心,不是大品牌的餐饮连锁都不敢去吃,我同事前阵子去吃饭,回来没半个小时就吐了,怀疑是不干净引起的,在家吃饭,用的油与餐具都能保证,让人放心。"

小雨又问:"琳琳,这就是你所说的家常便饭?"

张琳琳笑了:"平时我们也没那么丰富,今天不是知道你们要来嘛,要好好款待你们的,这些都是你们爱吃的,多吃点。"

小雨忍不住感叹:"这么多菜,要是来瓶酒就更好了。"

周芷康忍不住说她:"得了,别得寸进尺哈。"

小雨辩解:"我是觉得有酒助兴会更完美,早知道我就自带酒水了。"

张琳琳站起来:"我到地窖取酒,你们稍等一下。"

待她走开,周芷康道:"成何体统。"

"她又不缺酒,别糟蹋了这一桌菜才是真的。"

"可我们毕竟是第一次来这里做客。"

"都这么多年的老同学了,就甭客气了,放得开才不会把自己当外人嘛。"

正说着,张琳琳回来了,她拿着一瓶看起来就很贵的红酒,阿姨在她身后拿着三个红酒杯与醒酒器,张琳琳说:"其实你们不说,我也想跟你们喝几杯了,今晚不醉不归哈。"

"要你破费了。"周芷康说。

"哪里,难得高兴嘛,也庆祝我终于可以做回自己,友谊万岁。"

三人一起碰杯,一起仰头把手中的酒干了。

菜吃得差不多,酒也喝得差不多了,大家有一句没一句地闲聊着,张琳琳问到周芷康有没有男朋友,如果没有,十分乐意为之效劳。

周芷康连忙道:"有了有了。"

"真不用客气,我认识的人非富则贵,至少下半辈子不用愁。"张琳琳笑着说。

周芷康侧了侧身子,轻轻问:"可有知情识趣。视女士如上宾,生怕有什么闪失那种?"

张琳琳一愣:"这个,我可能要观察一下,你也知道,我接触的人都是商界的,我只知道他们年收入多少,有几套房子,人品怎么样,至于你说的那些,可能应该是出现在小说里面的?"

小雨见张琳琳没听出周芷康的话里有话,连忙出来打圆场,她看了看时间,故作吃惊地道:"哎呀,欢乐的时间过得特别快,都快十点了,咱们今天也喝得差不多了,不如就到这吧,我们先走了,改天再来拜访。"

周芷康也站起来:"原来已经这么晚了。"

张琳琳挽留她们:"不如就留下来吧,我这客房也空着,你们来了刚好可以用得上,叫阿姨铺上干净的床单被子就可以了。"

小雨推辞:"已经很打扰你了,又吃又喝的,改天吧,真的,等哪天我们都不用上班,再来个不醉不归,今天就这样吧,谢谢你盛情款待,你让我感觉自己是贵宾。"

张琳琳笑着轻轻拍了她肩膀一下:"本来就是贵宾,就别跟我客气了哈,今晚有什么地方招呼不到的别见怪。"

周芷康与小雨都已经有了些醉意,两人笑呵呵地说:"哪里哪里,我们真的很感谢你,准备了这么丰盛的晚餐,张琳琳,以后的日子就得靠你一个人了,人生其实很短,你要记住,不要往回看。"

张琳琳点点头:"我明白,这么多年活在自己的世界里,都不知道外面原来已经发生了翻天覆地的变化,以后我就专心把孩子带大,你们记得有空过来看看我啊。"

"一言为定,一言为定。"周芷康与小雨由衷地说。

出了门,冷风一吹,两人的酒都散得七七八八,周芷康说:"今晚去我那吧,省得回去了,这么晚,我也不放心你一个人回去。"

小雨摆摆手:"不放心是假的,这么多年以来,哪次加班不是到这个点?有时候十一二点还在公司,真恨不得把床都搬到公司去,后来学聪明了,把电脑搬回家去,加班到凌晨两三点都很安全。"

周芷康伸手挽着她,热情邀请道:"去我那将就一晚?"

小雨看着她渴望的眼神,问:"杜一又在上海?"

周芷康说:"公司就在上海,回上海不正常么?"

"可你们经常这样分居两地会很影响感情啊。"小雨替她担忧着。

"我呢,天生是个乐观者,在社会摸爬滚打这么多年也早就学会了兵来将挡,水来土掩,男人的心在你这跑不掉,不在你这,你做什么都没用,所以既然掌控不了别人,不如好好过好自己的生活，干吗要跟自己较劲过不去呢？"

"是什么让你有这么大的改变的？"

"还记得上次那个，他跟别的女人聊天的事情吗？我觉得他说得也有道理，所以我能理解他为了赚钱而偶尔踏踏线，大家心里都有条底线，只要不过那条线就好了，我要抓他出轨嘛，又没有实际证据，我不管他是刻意隐瞒还是做得滴水不漏，人生是自己的，女人的直觉也应该很准，所以我才决定不为难自己，如果他不在乎我，给我添麻烦了，大不了我不要他好了。"

小雨听她说的这番话简直对她刮目相看，什么职业女性不需要爱情，什么恋爱的女生变成糊涂鬼，在周芷康身上她完全看不出这些，她既是可以在工作上独当一面，既能赚钱又能对感情游刃有余的人，她问："那么，你是爱他的吧？"

周芷康十分肯定地说："当然爱，可是爱得宽松、包容，给彼此空间，不是让人窒息的那种爱。"

小雨故作吃惊地轻拍胸口，边说："吓死我了，还以为爱得那么理智，应该是不爱了，原来你对他的爱早就升华了。"

周芷康说："这么多年，早就把当初的热情藏在心底了，女人的爱是随着时间越久越浓，可男人不一样，他需要新鲜感，需要魅力，需要被仰慕，被认可，我能给他的也尽量去给他，有时我想，婚姻如果是爱情的坟墓，那么如果女人改变一下，不是用命令的口吻跟对方说话，也没有控制欲，而是像小三一样告诉对方，我很爱你，但你是自由的，你可以想起我再回家，但我也不是没有人要的，这种欲擒故纵的方式可能更让男人欲罢不能，这样一来就天下太平了。"

听她这么说，小雨不禁感到好奇，她问："又是谁给了你那么大的感悟？"

"我一名读者，刚生完孩子不久，就在朋友圈崩溃了，亲戚朋友都不敢问，我也没主动去关心她，直到有一天她主动找我，跟我说她把她男人踹了，我问为什么啊？他出轨了？她说没有，就是被我发现他跟别的女人暧昧了，我没问聊到什么内容，具体是要约见面还是要跟对方在一起，但她就说，爱不了就分了。她给了我很大的感悟，因为婚前他跟她就是因为暧昧而走在一起的，也许他把同一句话分别发给了十个人，只有她相信了他的鬼话，于是他们走到了一起，结婚生子，女人希望过平静安稳的日子，可男人不这么认为啊，他觉得自己还年轻，还有魅力，为了证明自己的魅力，他又跑去小姑娘那暧昧了。"

小雨叹了一口气，说："男人就像孩子一样不让人省心。"

"所以，不是把他踹开了就结束，他们还有共同的孩子呢？他如果回来认错，你会为了孩子原谅他吗？不就是仅仅暧昧吗？我当时就想，精神出轨跟肉体出轨我能接受哪个，其实两个都不能接受，所以我又认为那同事做得对，至少他不在眼前晃荡着也图个安静。"

"孩子还那么小。"小雨又忍不住一声叹息。

周芷康点头："幼子无辜，可大人也不能光顾着自己痛快，如果有能力独自抚养孩子就最好，没能力还不是要对方给抚养费，毕竟他才是孩子的亲生父亲。"

"所以，你到底想说什么？读者无知？天真到以为男人会为了她，甚至她为了男人生孩子就可以一劳永逸？"

"我认为女人手上要有钱，这是其一，其二就是，如果我是她，我会把孩子丢给他，也许会毁了孩子一生，但总不能因为一个恶心到自己的男人而赔上自己的一生吧。"

小雨总结："不结婚不生孩子就天下太平了。"

周芷康笑了，说："大家都这么想，人类就灭绝了。"

小雨认真地问："话说，杜一真的没向你求婚吗？"

"我们暂时都没有结婚的打算。"

"可是……"

"别可是了，婚姻不是想象中那么简单，它是两个家族的事，我们现在忙得脚不着地，双方父母都还没见呢，再说，我们也都还年轻。"

小雨不禁提醒她："你看看张琳琳两个孩子都多大了。"

"她命好。"

"这不是理由。"

周芷康忍不住问："老说我，你呢？连男朋友都没一个。"

小雨理直气壮地道："我可是打算一辈子都不婚的，不婚主义有听过吧？"

周芷康拿她没办法，只好转移话题："今晚跟我睡？"

"也行。"

周芷康打开衣柜把自己的睡衣拿出来，然后指了指浴室方向："那你先去洗漱吧，我给杜一打个电话。"

"好。"小雨接过周芷康递给她的睡衣走进浴室，回头："真的，拍拖拍久了容易出现问题，婚姻没你想象的那么可怕，换一个身份去过另一种生活罢了。"

"这种事，我总不能先开口吧？"

"那有什么，你不提，他不问，他还乐得清闲呢，男人嘛。"

周芷康只好说:"改天有机会我探探他的口风。"

"听姐的没错,时机成熟就上吧,这才叫水到渠成。"

周芷康见她凡事都那么上心,忍不住笑了:"好,都听你的,快去洗漱吧。"

夜已深,周芷康站在窗前思潮起伏,什么时候已经对谈婚论嫁有恐惧心理了?是婚姻太多负面新闻吗?

晚风轻拂面,耳边传来浴室哗啦啦的水声,一切都很让人安心。

俯身往远处看,小区的几盏昏暗的路灯隐约照着黑夜,点缀着夜的清冷。

不知道杜一睡了没?她最终没有打电话给杜一,或许思念可以穿透黑夜,给他带来温暖。

二十五 你很好，我也不差

杜一周末回来了，提前给周芷康打了电话，周芷康起了个大早，跑了趟菜市场，买了杜一喜欢吃的鱼、牛肉、西红柿、洋葱与土豆，鱼是煎的，西红柿煮鸡蛋汤，洋葱炒牛肉，再放上土豆，完美。

吃完饭杜一主动洗碗，不得不说，他在厨房围上围裙的样子帅呆了，周芷康一时走了神，杜一笑了笑，问："哪里不妥吗？"

周芷康连忙摇头："没，就一个字，帅。"

杜一又笑："什么时候学会贫嘴了？"

周芷康竖起三根手指："天地良心，我说的都是心里话。"

杜一听完给了她一个宠爱的眼神，随即专心洗碗，过了一会他又问："我不在的时候有好好吃饭吗？"

"你不在，做饭太麻烦了，其实公司的饭堂也挺健康的，反正我几乎天天加班，就在饭堂吃了再回来也不是很麻烦的事。"

杜一叹了一口气："看来，我要把公司搬到这边来了。"

"什么？"

"我发现离开你会让我寝食难安，芷康，不如，我们结婚吧？"

周芷康一愣，问："你……是认真的？"

"我的样子像是开玩笑？"

"可是结婚不是件小事。"

"我们现在都住一起了，就差一张证书，双方父母都知道彼此的存在，找个时间约他们一起出来见个面，把事情定下来吧。"杜一把手擦干净，解下围裙，然后用手臂圈着她，"让我来照顾你。"

就在昨天，小雨还跟周芷康谈过杜一求婚的事情，没想到今天杜一就有行动了，她一时感觉双脚仿佛离开了地面，轻飘飘的，整个人都像活在童话里一般。

杜一在她耳边呢喃："嫁给我，好吗？"

她听见自己说："好。"

"那下周末约伯父伯母过来，我来订机票，就在北京大饭店怎样？我要在那里向长辈宣布我们结婚的事情。"

"好。"

"下午出去购物。"

"好。"

听她除了好没说别的话，杜一忍不住笑了起来："真的没有别的话说吗？"

"好……，什么？下午去购物？"

杜一点头："是啊，我看你也好久没去逛街了，不如我们就出去喝下午茶，顺便购物。"

"那……多浪费……时间啊。"周芷康本来想说多费钱啊，现在网上购物也很方便的，可话到嘴边又觉得提钱多少有点俗气，何况这也是杜一一番心意啊，扫他的兴多不好，急中生智，她把金钱改为时间。

"陪你怎么会浪费时间呢，去准备一下吧。"

周芷康走进衣物间，换上休闲服，挎着一个购物袋，像模像样的，还戴着一顶宽边帽，逛街难免会有晒到太阳的地方，防晒霜肯定是要涂的，但帽子也是必不可少的。

见她准备妥当，杜一也换了一身休闲服出门，她们先去市中的名牌区，给周芷康买了几套适合上班穿的衣服，以及两套晚礼服，再配几双鞋子后，他们选了一个露天喝咖啡的地方小憩。

回去的时候周芷康见杜一拿着大袋小袋的，忍不住伸手想去拿，杜一说："男人拿东西是应该的，千万别觉得不好意思。"

"我在想，还好这样的机会不是很多，要不然真的会内疚。"

"我在想，婚后给你配一个用人，你出门她就跟着，这样就不用我又当司机，又当用人了。"

"这种上流社会的生活我还真不习惯。"

"哦？怎么说？"

"本来是好好享受二人世界的，突然多了个陌生人跟在自己身边，很多事情都会放不开，再说，我一年都买不了几次衣服，平时逛街都很少，真没必要请用人。"

杜一跟她分析，婚后如果有了小孩，哪有那么轻松，多一个人，至少可以做家务，煮饭，保证一日三餐准时供应，还可以帮忙带小孩，减少周芷康的压力，别说上不上班了，就算是平时有人在家搭把手，都可以自由轻松很多。不像现在一个人吃饱全家不饿。可这些都是日后的事情。

自从杜一求婚后，周芷康就开始失眠了，在漆黑中的夜里，她听着杜一均匀的呼吸声，一时之间思潮起伏，浮想联翩。

本来男大当婚，女大当嫁是很正常的事，可是一想到婚后可能就失去了所谓的自由——过年过节再也不能窝在家里独自看剧或写稿，至少得要去长辈家里走走，这么一来哪有什么自由可言？礼节要到位，不然会落下话柄，这些周芷康都懂。

如果是两年前杜一求婚，她巴不得立马就步入结婚殿堂，可现在，她自由自在惯了，对婚姻也不抱幻想，一时间不知道怎么办才好。

可已经答应了杜一，总不能反悔吧。

睡不着，干脆拿起手机刷一下朋友圈，深夜，仍然有人在发朋友圈，她刷到一个朋友说：孩子刚出生，两小时喂一次奶，已经在崩溃边缘，不知道什么时候是个头，总之，感觉自己有点抑郁了。

孩子出生后总不能假手于人吧？所以很多新手妈妈都选择自己带娃，高龄产妇休产假是180天，但很多人孕期反应强烈熬不到休产假就自动离职回去养胎了，在坐月子的时候几乎全靠男人养家，女人在家带孩子，这样一来，女人就很容易患上产后抑郁症。

哪怕是有工作的，晚上带娃，白天工作，也不是一般人所能接受的，保姆一职应势而生，至少白天、晚上都有保姆带，女人可以睡个好觉，第二天上班才会神采奕奕。

周芷康一想到自己要结婚，结婚后就要生孩子，到时定会失去自己的生活，至于工作，只能往自由职业者方向发展。

一想到这，心就往下沉。

这时她才深感做女人真的不容易，男人不用十月怀孕，不用顺产或剖腹产，不用担心会不会失去工作，或因为孩子而不得不放弃工作。

而女人，在最适合结婚生子的年龄选择工作的话，很可能以后都失去生孩子的机会，所以很多女性都选择成为全职主妇，走一条所有女人都会选择走的路，结婚生子，平淡地走完这一生。

当然，可能也没那么悲观，至少等孩子上学后女人就可以重出江湖，在职场上呼风唤雨了。可就是短短的那三五年待在家里相夫教子，完全与社会脱节的话，再出来会感到陌生与不适应吧？

越想，周芷康头脑越清醒，越觉得婚姻是一条不归路，怎么办呢？目前看来毫无办法可言。

幸好周芷康天性乐观，临睡前安慰自己：车到山前必有路，船到桥头自然直，走一步看一步吧。

最后她困倦入睡，一夜无梦。

二十六　変化即人生

周末双方家长见面，周芷康提前给父母寄去一套衣服鞋子、手提袋，配成套，还给母亲特意配上珍珠项链，华而不贵，突显中年妇女的气质。

父母知道此行是去见女婿一家，感到紧张，周芷康又特意打了个电话给他们叮嘱一番："不用紧张，就是一顿简单的晚饭，他们都很随和的，记住你们越紧张越容易出错，千万要放松，其实就是大家互相见个面，闲话家常即可。"

周芷康父母也还好是见过世面的人，听完周芷康的吩咐一一照办，周母更是先把新衣穿几遍，算是穿旧了再穿出去见杜一的父母，这么一来既显得没那么拘束，又不会显得像是有备而来。

那天杜一订了北京饭厅的简约包间，两家老人见面都客客气气的，菜上齐了，杜一的父母都先照顾周芷康的父母先用，大家相处融洽，周芷康也深感安慰。

她记得《承欢记》里面，麦承欢的父母去见男方父母，丑态百出，吃鱼的时候对方父母问一句：谁喜欢吃鱼头？

麦承欢的父亲说：内人喜欢吃鱼头。

麦承欢的母亲不高兴了：谁喜欢吃，你爱吃你吃。

一点儿都不给对方面子，气氛一度僵住，让麦承欢感到自己父母上不了大场面。

还好男方父母大度，一点儿都不计较，可是麦承欢却为之感到惭愧，身份悬殊，虽然自己是大学生，仍觉得是高攀了对方。

女人什么时候才不会有自卑感？自然是经济独立、人格独立、凡事不计较，才会洒脱自如。

吃完饭喝茶的时候，杜一的父母表示婚礼最好尽快举行，一切都有合作单位，比较简单，选址与排场都由男方一手包办，至于女方还有什么要求，尽管提出来。

周芷康父母听了自然十分高兴，不过话已谈到这份上，周爸爸表示要跟女儿商量一下，杜一父母表示理解。

周芷康父母把女儿拉到一边，周父问："你的意思是怎样？"

周芷康答："男大当婚，女大当嫁，水到渠成，没什么问题。"

周母急了，插嘴："那聘礼呢？"

周芷康笑了笑："父母养了我这么多年，定当回报，你们觉得多少合理都可以尽管提，杜家不缺钱。"

周父白了妻子一眼，忽然两眼一红，眼眶湿润了起来，他擦了一下眼睛，道："自然不能狮子大开口，又不是卖女儿，可不提又觉得不合理，多少合适？"最后一句自然是问女儿的。

周芷康想了想，说："不如就由我来提吧，总不能让你们来当坏人，我提的话，觉得合情合理。"

周母好奇心起，问："多少？"

"我都打听过了，市价一百万，我就打个八折吧，杜一也能理解，毕竟以后我可是为他任劳任怨，生子做家务的。"

"孩子，会不会觉得委屈？"周父担忧地问，他本来心里的预算是二十万就可以，意思一下嘛，又不是卖女儿，可女儿一开口就八十万，他有点儿担心。

周母反而安心了，有了钱才有底气，以后在亲戚朋友面前说话都会声音大点，钱作怪，真的别不承认。

周芷康安慰父母："别担心，杜一年薪几千万，这八十万对他来说只是意思意思，千万不要有心理负担。"

周母笑了，宽慰地道："这么看来我女儿是嫁入豪门了？"

"也不是嫁，我们是结婚，情投意合，水到渠成。"

周母点头："对对，情投意合，水到渠成。"

事情就这么定下来了。

大家都以为一切都顺理成章，可是没想到才过了两天，周一杜一回公司才知道，因为公司决定，把所有高级管理层都重新做了安排，杜一也在名单之中，他在开高层会议的时候深有预感，公司觉得他们这些人年收入远超出给公司带来的效益，又不肯直接降薪降职，唯一的可能就是按章办事，将他们这些元老级的高级总裁编排一个理由与借口，让他们走人。

杜一也明白职场如战场，公司不养闲人，哪怕是他们这样的高层也要面对大势所趋，打工的会面临失业，其实老板也会面临公司倒闭或破产，道理都明白，可不能接受，毕竟公司江山有一半是他们这些合伙人打下来的啊。

他心情郁闷，明白道理是一件事，接受事实又是一件事，这十几年来他为公司付出多少是有目共睹的，想当年几个创始人就忙着一家小公司起步，做到如今的上市公司，付出多少心血多少时间？

他一时半会儿缓不过来也是情有可原。

周芷康也听说杜一公司大变革，但她沉住气，不主动跟他聊起这事。

男人不喜欢女人在不合时宜的时候问东问西，她懂。

她心里着急，但又不知道怎么去帮他，这时她觉得自己很弱小，以往都是杜一替她遮风挡雨，可如今他出事了，她却帮不上忙。

于是她暂时放下自己手头上几本已经签约、还没交稿的作品，下班就去菜场买菜，休息就下厨煲汤，工作不顺利，不能连身体也垮了，老一辈的人说得对，身体才是革命的本钱啊。

杜一有心结，整天闷闷不乐的，有时三更半夜会开着他的车出去，周芷康很担心，她给小雨打电话："他整天不怎么说话，生活有条有理，除了把自己关在书房，就是深夜开着他的爱车出去兜风，你说会不会有事？"

小雨打着哈欠说："这么大的人了，会有什么事？"

"心情不好开车容易分神吧？"

"心情不好喝酒还容易醉呢。"

周芷康一听更慌了："该不会真出事了吧？"

"别想太多，他只是不想让你担心，出去散散心罢了，他头脑清晰，很清楚自己在做什么，你没事就早点睡，不要让他分神来照顾你，也就算是帮了他的忙了。"

周芷康听小雨这么说，转念一想，也对，照顾好自己，别让杜一分心来照顾她已经是很不错了，反正自己又帮不了他什么忙，这么一想，她反而踏实了，挂了电话倒头便睡。

杜一什么时候回来的她完全不知道，第二天一早起来杜一还在睡觉。

她神采奕奕地出门买菜，回来做早餐，做好早餐去喊杜一起来吃，杜一边刷牙边问："今天周一，不用上班？"

周芷康笑了笑，说："我休年假，年假再不休就清零了。"

杜一用洗面乳洗了把脸，把脸擦干后说："不如我们去一趟旅行吧，正好我这段时间也闲下来了。"

周芷康一听，立马兴奋地说："好啊，去哪儿？"

杜一想了想，道："巴厘岛怎么样？"

周芷康摆出一副很好说话的样子，说："你说了算。"

"你有特别想去的地方吗？"

"没去过的都想去。"

"那可是需要很多时间了。"

周芷康温柔地道："来日方长，以后有的是机会。"

杜一看着她，嘴巴动了动，最终还是把心里话说了出来："你啊，就是太乐观了，这世界很多事都是计划赶不上变化的，你要有最坏的心理准备。"

周芷康故作吃惊地道："你要离开我？"

杜一宠溺地拉过她坐在身边："不是。"

周芷康轻轻捂了捂胸口："吓我一跳，以为你不会陪我环游世界。"

"可人都会老，都会有意想不到的事情发生，比如生病、比如生意失败……"

周芷康见他第一次坦白说出这些事，也就不再回避了，她深情地看着他，问："全球那么多公司，不是老板炒员工，就是公司破产清账，换另一些人做老板，这都是很平常的事，有没有想过出来独立？"

杜一叹了口气，道："谈何容易，二十年了，在那公司二十年，一时半会儿还接受不了自己被踢出局的事实，我想给自己放个长假，就当是弥补这些年亏待自己的吧。"

周芷康义不容辞地道："我陪你。"

"你年假有多少天？"

"休完年假我还可以请假，为了你，我在所不惜。"

"我一直认为,在事业与爱情面前,事业是排第一的。"

"可在心爱的人面前,事业变得一文不值。"

"别太任性。"

"大不了没了工作,这样一来我反而可以安心做个作者,背着电脑写游记。"

杜一摇摇头:"你啊,还是太乐观了。"

"不许打击人,要多鼓励,鼓励才让人进步。"

"好,看你活得无忧无虑,或许我才是该向你学习的人,人生嘛,说白了就那么回事,或许古人李白早就告诉我们,人生得意须尽欢,莫使金樽空对月。"

"还有塞翁失马,焉知非福。"

杜一露出多日来难得一见的微笑,伸手刮了一下她的鼻子,笑着说:"调皮。"

说走就走,两个人的行李并不是很多,杜一一再表示那边什么都有,只带些衣服就好,别搞得好像搬家一样。

周芷康也认为有钱可以走遍天下,两人一拍即合,没多久便出发了。

二十七　沿途风景很美

其实去旅行,早就有人说过,是从自己住腻的地方去别人住腻的地方,周芷康早就过了那种贪玩的年纪,特别是去旅游景点,她更觉得浪费时间,她时常在琢磨,时间就是生命,与其把时间浪费在路上,不如写多几本书来得更实在一点。

可现在,她愿意为杜一去改变,出去透透气也好,感受沿途风光也罢,人总要走出去才能感受得更多,凭空想象的都属于不切实际。

从坐车到机场,上飞机,看着许许多多陌生人从身边走过,她才有一种人在旅途的感觉。

不累,反而觉得身上的细胞渐渐复苏,她问:"要飞几个小时?"

杜一笑了笑,看着周芷康像孩子一样好奇的表情,忍不住伸手扫了一下她的头发,道:"算上转机的时间,大概10个小时吧。"

"也就是说我们来回的时间至少有20个小时是在飞机上的?"

杜一点点头,问:"有什么问题吗?"

周芷康道:"飞机上现在有Wi-Fi了吧?"

杜一伸手搂了搂她的肩,说:"既然出来玩,就把工作先放一边吧,公司不会因为没有了谁而运转不下去的,你尽管放心,不是还有丁丁吗?有什么事她可以帮你解决的。"

周芷康想了想,觉得杜一说的也对,小学课本就有说过:要玩就要尽情地玩,要学习就要专心去学习。

现在她就是这种心情,既然是出来玩的,就不能心有杂念,要不然会影响到玩的质量。

这么一想,她瞬间觉得肩上的担子轻了不少,她问:"要喝咖啡吗？我去买。"

"还是橙汁吧，健康一点，还有，你是出来玩，不是出来伺候我的，你要喝什么？我去买。"杜一温柔地提醒。

周芷康笑了，说："这么一来，你不也在伺候我吗？"

"男人照顾女人是应该的，你就好好享受吧。"杜一由衷地道，因为之前没时间没机会，如今大家在一起，伺候伺候女朋友也是应该的，再说，双方父母都已经见过面了，等旅行回去他就决定向亲戚好友公开结婚的日子，自己老大不小是一回事，周芷康跟了他这么些年，总不能不给她一个交代吧。

他是这么想的，周芷康也明白他的心思，她突然萌生一个念头：如果这次的旅行永无止境那该多好啊。

不过这不是刚开始旅行嘛，什么时候结束还不一定呢，好好享受这些日子吧。

小雨知道她要去旅行，托她买化妆品，周芷康问："你不是崇尚自然吗？什么时候开始化妆的？"

"人老了，再不倒腾一下脸蛋，估计还没到退休年龄单位就不想要我了。"

"你又不是靠脸吃饭的，你靠的是才华啊。"

"这你就不懂了，哪个领导不喜欢年轻漂亮的小姑娘？小姑娘可以清汤寡面不施粉黛，可人老珠黄了，就得靠这些护肤品化妆品撑起来了，要不然开会啊，饭局什么的我就被人架起来了，失去业务的机会等于置我于死地，你说我能不倒腾吗？"

周芷康长叹一声："唉，时不待我。"

"可不是，时光消逝，留下的全都是垃圾，人老珠黄，不得不承认长江后浪推前浪，有本事就赚够了钱找个地方过着半隐世的生活，没本事仍然抱着电脑冲在前面拼个你死我活，你说人这辈子有啥意思？"

周芷康没想过一向风里来雨里去的小雨也会发出这种感慨，她只好安慰她说："也不是，知足常乐，别对自己要求太高了，能好好活着本来就很不容易。"

"所以，我列的清单你都会帮我买齐？"小雨很少会这么要求一个人去帮她做事的，可见这些护肤品、化妆品对她来说很重要。

周芷康自然是义不容辞的，她说："放心，都交给我吧，我行李不多，杜一那边还可帮忙带点。"

"那真是太感谢你了，回来请你吃大餐。"

"平时你都在国内专柜购买的？"周芷康好奇地问。

小雨说："专柜靠谱一点儿，也有找代购买过，假货太多，分不清真假，后来就都在国内专柜买了，可你也知道，专柜贵啊，为了省点钱，只好拜托你了。"

"别这么说，举手之劳嘛。"

有了目标的旅行变得简单轻松多了，再也不像是漫无目的地去游荡，周芷康把小雨要买化妆品的事跟杜一说了，杜一满口答应，他说："快三十岁的人也该好好保养一下自己了。"

周芷康提醒他，说："这话不能让小雨知道，要不然她会炸的。"

杜一笑了笑，说："女人都很在意自己的年龄，我懂。"

"还有，什么皮肤差，脸色不好也尽量少说，女人都希望在别人嘴里听到自己想听的话，哪怕是谎言。"

杜一问："你也是吗？"

周芷康点点头："嗯，我也是女人。"

"我看你梳妆台上也没几瓶化妆品，怎么保持脸色红润有光泽的？"

周芷康知道杜一说的都是事实，也实在没必要恭维自己，她只好说出实情："保持心情愉快，少跟自己过不去，平时泡点红枣茶喝喝，养生汤也是要的，内补比外修得重要，当然，还有就是早睡早起，尽管我做不到，哈哈哈。"说到最后她自己都忍不住笑了起来。

杜一："你啊，就是调皮。"

"我觉得心态与睡眠质量很重要吧，打个比方，整天愁眉苦脸的，不开心就会影响睡眠质量，睡不好就会失眠，也会影响皮肤与健康的。"

杜一见她分析得有道理，点头道："说得也是，你是半个健康专家了。"

周芷康狡黠一笑："下本书我准备写写养生与健康方面，让大家都对自己的身体重视起来。"

杜一表示认可："现在猝死的人越来越多，健康真的很重要，很多人以为自己没病，去医院查了各项指标也正常，但某天突然就去世了，简称猝死。有时候自己的身体还真的自己都不了解。"

周芷康见他认同，又说："所以适当去旅行散心也很重要，一天工作八个小时，其余的该喝茶看书就喝茶看书，不要觉得虚度光阴，时间是最公平的，今天追上了，不知道哪天就还回去了，现在看来，什么金钱、房子、车子都比不上身体健康与长寿来得重要。"

"所以人一辈子做好一件事就了不起了，不要给自己太多压力，别人的目光不重要，自己开心才是最重要的。"

周芷康忍不住叹了一口气，道："城市人追名逐利，却忘了，如果到最后连自己都没有了，空有名和利又有什么用？"

杜一安慰她说："还是别想那么多了，管好自己比什么都强。"

周芷康扬起头，笑着说："其实我也贪慕虚荣，希望有朝一日可以成为名作家，名扬四海，买大房子安置家中二老，出入有司机保姆跟随，不算过分吧？"

杜一哈哈大笑："人之常情，周星驰也讲过，做人如果没有梦想，那跟咸鱼有什么分别？"

周芷康由衷地道："难得你不嫌弃。"

杜一假装生气地道："这话说得，我可要生气了哦。"

周芷康连忙转移话题，她问："那么你的梦想是什么？"

杜一笑了笑："你猜？"

"做大BOSS一统江湖？"

"谈何容易，守着自己的领土不被敌人入侵已经耗尽了我的精力。"

"那不如退出江湖，把梦想降低？"

"再说吧。"

在飞机上其实很无聊，特别是被困在座位上动弹不得，也幸好周芷康懂得讨好自己，她听了一会儿音乐，拿出一本书翻看着，不一会儿困倦入睡。

杜一反而神采奕奕，看着身边的周芷康睡得正香，他却思潮起伏。

他暗忖：世间的事哪有那么多为什么，在你看来是天，可能在其他人那里不过是可以随手施舍的馒头，在你看来是为之可以奋斗终生的荣耀，在他人眼里不过是暂时容身的驿站，从喝咖啡吗？我去买。"

"还是橙汁吧，健康一点，还有，你是出来玩，不是出来伺候我的，你要喝什么？我去买。"杜一温柔地提醒。

周芷康笑了，说："这么一来，你不也在伺候我吗？"

"男人照顾女人是应该的，你就好好享受吧。"杜一由衷地道，因为之前没时间没机会，如今大家在一起，伺候伺候女朋友也是应该的，再说，双方父母都已经见过面了，等旅行回去他就决定向亲戚好友公开结婚的日子，自己老大不小是一回事，周芷康跟了他这么些年，总不能不给她一个交代吧。

他是这么想的，周芷康也明白他的心思，她突然萌生一个念头：如果这次的旅行永无止境那该多好啊。

不过这不是刚开始旅行嘛，什么时候结束还不一定呢，好好享受这些日子吧。

小雨知道她要去旅行，托她买化妆品，周芷康问："你不是崇尚自然吗？什么时候开始化妆的？"

"人老了，再不倒腾一下脸蛋，估计还没到退休年龄单位就不想要我了。"

"你又不是靠脸吃饭的，你靠的是才华啊。"

"这你就不懂了，哪个领导不喜欢年轻漂亮的小姑娘？小姑娘可以清汤寡面不施粉黛，可人老珠黄了，就得靠这些护肤品化妆品撑起来了，要不然开会啊，饭局什么的我就被人架起来了，失去业务的机会等于置我于死地，你说我能不倒腾吗？"

周芷康长叹一声："唉，时不待我。"

"可不是，时光消逝，留下的全都是垃圾，人老珠黄，不得不承认长江后浪推前浪，有本事就赚够了钱找个地方过着半隐世的生活,没本事仍然抱着电脑冲在前面拼个你死我活,你说人这辈子有啥意思?"

周芷康没想过一向风里来雨里去的小雨也会发出这种感慨,她只好安慰她说:"也不是,知足常乐,别对自己要求太高了,能好好活着本来就很不容易。"

"所以,我列的清单你都会帮我买齐?"小雨很少会这么要求一个人去帮她做事的,可见这些护肤品、化妆品对她来说很重要。

周芷康自然是义不容辞的,她说:"放心,都交给我吧,我行李不多,杜一那边还可帮忙带点。"

"那真是太感谢你了,回来请你吃大餐。"

"平时你都在国内专柜购买的?"周芷康好奇地问。

小雨说:"专柜靠谱一点儿,也有找代购买过,假货太多,分不清真假,后来就都在国内专柜买了,可你也知道,专柜贵啊,为了省点钱,只好拜托你了。"

"别这么说,举手之劳嘛。"

有了目标的旅行变得简单轻松多了,再也不像是漫无目的地去游荡,周芷康把小雨要买化妆品的事跟杜一说了,杜一满口答应,他说:"快三十岁的人也该好好保养一下自己了。"

周芷康提醒他,说:"这话不能让小雨知道,要不然她会炸的。"

杜一笑了笑,说:"女人都很在意自己的年龄,我懂。"

"还有,什么皮肤差,脸色不好也尽量少说,女人都希望在别人嘴里听到自己想听的话,哪怕是谎言。"

杜一问:"你也是吗?"

周芷康点点头:"嗯,我也是女人。"

"我看你梳妆台上也没几瓶化妆品，怎么保持脸色红润有光泽的？"

周芷康知道杜一说的都是事实，也实在没必要恭维自己，她只好说出实情："保持心情愉快，少跟自己过不去，平时泡点红枣茶喝喝，养生汤也是要的，内补比外修得重要，当然，还有就是早睡早起，尽管我做不到，哈哈哈。"说到最后她自己都忍不住笑了起来。

杜一："你啊，就是调皮。"

"我觉得心态与睡眠质量很重要吧，打个比方，整天愁眉苦脸的，不开心就会影响睡眠质量，睡不好就会失眠，也会影响皮肤与健康的。"

杜一见她分析得有道理，点头道："说得也是，你是半个健康专家了。"

周芷康狡黠一笑："下本书我准备写写养生与健康方面，让大家都对自己的身体重视起来。"

杜一表示认可："现在猝死的人越来越多，健康真的很重要，很多人以为自己没病，去医院查了各项指标也正常，但某天突然就去世了，简称猝死。有时候自己的身体还真的自己都不了解。"

周芷康见他认同，又说："所以适当去旅行散心也很重要，一天工作八个小时，其余的该喝茶看书就喝茶看书，不要觉得虚度光阴，时间是最公平的，今天追上了，不知道哪天就还回去了，现在看来，什么金钱、房子、车子都比不上身体健康与长寿来得重要。"

"所以人一辈子做好一件事就了不起了，不要给自己太多压力，别人的目光不重要，自己开心才是最重要的。"

周芷康忍不住叹了一口气，道："城市人追名逐利，却忘了，如果到最后连自己都没有了，空有名和利又有什么用？"

杜一安慰她说："还是别想那么多了，管好自己比什么都强。"

周芷康扬起头，笑着说："其实我也贪慕虚荣，希望有朝一日可以成为名作家，名扬四海，买大房子安置家中二老，出入有司机保姆跟随，不算过分吧？"

杜一哈哈大笑："人之常情，周星驰也讲过，做人如果没有梦想，那跟咸鱼有什么分别？"

周芷康由衷地道："难得你不嫌弃。"

杜一假装生气地道："这话说得，我可要生气了哦。"

周芷康连忙转移话题，她问："那么你的梦想是什么？"

杜一笑了笑："你猜？"

"做大BOSS一统江湖？"

"谈何容易，守着自己的领土不被敌人入侵已经耗尽了我的精力。"

"那不如退出江湖，把梦想降低？"

"再说吧。"

在飞机上其实很无聊，特别是被困在座位上动弹不得，也幸好周芷康懂得讨好自己，她听了一会儿音乐，拿出一本书翻看着，不一会儿困倦入睡。

杜一反而神采奕奕，看着身边的周芷康睡得正香，他却思潮起伏。

他暗忖：世间的事哪有那么多为什么，在你看来是天，可能在其他人那里不过是可以随手施舍的馒头，在你看来是为之可以奋斗终生的荣耀，在他人眼里不过是暂时容身的驿站，从来没有天长地久，能曾经拥有已经是很幸福了，可人们偏偏追求天长地久，在这浩瀚的历史长河里，能随波逐流已经算是英雄了，就别想什么逆天改命了。

就这样想着，也不知道什么时候迷迷糊糊地睡着了。

周芷康醒来的时候，飞机还在飞着，她把遮光板往上推，外面黑黑的什么都看不到，看了一眼杜一，他倒睡得很香。

于是她跟空姐要来两条毛毯，一条给自己，另一条给杜一盖上。

杜一睡觉轻，睁开眼看是周芷康，半睡半醒地道："醒啦？"

"嗯。"

杜一又问："饿了吗？"

"有点儿。"

"想吃什么？"

周芷康不可置信地问："这里还可以点餐？"

"我也不知道，或许可以。"

"头等舱的权利？"

杜一有点儿讽刺地说："或许可以说是有钱人的权利。"

周芷康听他这么说，只好说："来杯橙汁，再加两根香肠吧，你呢？饿了吗？"

杜一道："来杯红酒吧，外加两块苏打饼就好。"

"好。"顿了顿，周芷康又说："其实有钱人吃的也不是那么高不可攀，大部分人都能吃得起，他们现在也注重养生了，不会大鱼大肉像暴发户一样，更多的以果蔬与健康食品为主。"

"所以养生食谱与养生课程才会畅销，真是世事难料啊，以前的人是吃不饱或没得吃，如今是物资丰盛，任人挑选，反而更注重质量与健康了。"

"所以人类逐渐长寿，活一百岁没问题。"

杜一忍不住笑起来："活那么久干什么？"

"为社会做贡献啊，你看那些史上有名的人都是活得越久，对社会贡献越大，相比之下子孙后代反而弱了许多。"

杜一解释道："锦衣玉食，享受人生，怎么会去思考人生呢？所以有富不过三代，穷不过三代的说法。"

"也是，古人早就看透了这一切，所以总结出来的都值得人去思考。"

杜一忽然问："有没有想过结婚后生几个小孩？"

周芷康听他这么问，吓了一跳，她反问："怎么会突然问这问题？我没考虑过这个问题啊。"

杜一暧昧地笑了笑："现在想也不晚，几个？"

周芷康身子往后缩了缩，艰难地问道："你……想要几个？"

"一个太少，三个又太多，两个刚刚好。"杜一认真地道。

听他这么说周芷康暗暗松了一口气，多怕他说十个八个，那她这辈子就别想做自己了，还谈什么梦想，这辈子就在奶粉尿片中度过了，于是她故意问："男孩还是女孩？"

杜一瞪大眼睛，像听见了什么天方夜谭一样问："这个还能选？"

"可以啊，现在科学发达，想要男就男，想要女就女，还可以龙凤胎什么的……"

杜一打断她的滔滔不绝："别，还是顺其自然吧，我相信命运，给我什么我就接受什么。"

周芷康身子侧了侧，朝他靠近了点："你知道吗？我现在特别幸福，也不知道是不是母性泛滥。"

杜一伸手揉了一下她的头发："我也是，想到未来有期可待就觉得之前的辛苦根本不算什么。"

周芷康轻轻道："其实我们已经比很多人幸福了。"

"可不是。"

二十八 旅行并没有想象中的浪漫

或许被电影或小说荼毒太深了，什么巴黎铁塔、情人桥、广场的鸽子等等。

可他们选择的是巴厘岛，周芷康偷偷查了一下巴厘岛的历史，发现它是印度尼西亚岛屿，位于爪哇岛东部，面积5620平方千米，岛上热带植被茂密，是举世闻名的旅游岛。

巴厘岛上大部分为山地，全岛山脉纵横，地势东高西低，岛上最高峰是阿贡火山海拔3142米，巴厘岛是印度尼西亚唯一信奉印度教的地区，80%的人信奉印度教，当地的语言是巴厘语，也通行印尼语和英语，由于巴厘岛万种风情，景物甚为绮丽，因此它还享有多种别称，如"神明之岛"、"恶魔之岛"、"罗曼斯岛"、"绮丽之岛"、"天堂之岛"、"魔幻之岛"、"花之岛"等，2015年由美国著名旅游杂志《旅游+休闲》一项调查结果把印尼巴厘岛评为世界上最佳的岛屿之一。

1588年西方人第一次来到岛上，据说3个荷兰航海家船只失事后到达岛上，后来能够搭船回国时却只有1人愿意回去，由此足以证实巴厘岛魅力无穷。

巴厘岛气候属于热带海岛型气候，气候常年炎热，全年平均温度约28℃，每年的10月到次年3月为雨季，其他时间为旱季。考虑到天气，旱季（4-9月）是游览巴厘岛的最佳时机。

虽然一年中其余时间比较潮湿、阴霾，暴风雨也比较多，不过仍然可以享受度假的乐趣。在欧洲、美国和日本放暑假期间，旅行者最多，7月、8月和9月初是旺季。在这些月份，旅馆房间会非常紧张，房价也会较高。

许多澳大利亚人在圣诞节和1月初之间抵达，航班通常会被预订一空，学校假期同样也是旺季，尤其是4月初、6月末至7月初及9月末。

但4月是巴厘岛最热的季节，而每年的5月到9月因为澳大利亚冷空气北上，这段时间是巴厘岛全年最凉爽的时间，便成了前往巴厘岛旅游的最佳季节。在这个最佳时段里，住宿、机票折扣都很少，所以需要提前预订。

周芷康可以说是长这么大以来最远的一次旅程，还好杜一带路，不然都不知道出门需要做攻略。

一下飞机，杜一便带着周芷康去了巴厘岛的海神庙，建于16世纪，用于祭祀海神。

该庙坐落在海边一块巨大的岩石上，每逢潮涨之时，岩石被海水包围，整座寺庙便与陆地隔绝，孤零零地矗立在海水中；只在落潮时才与陆地相连。

巨岩下方对岸岩壁，有一小穴，里面有几条有毒的海蛇，传说是此寺庙守护神，为防止恶魔和其他的入侵者的。

据说寺庙建成时海上忽然掀起巨浪，寺庙岌岌可危，于是寺内和尚解下身上腰带抛入海中，腰带化为两条海蛇，终于镇住风浪。

从此海蛇也成为寺庙的守护神。

而对岸有小亭可以眺望日落景色，成为巴厘岛的一大圣景。

在庙里，杜一说："你可以许愿。"

"希望天下太平，人们安居乐业。"

杜一听闻暗暗点点头，他曾有缘遇一和尚，和尚曾说："想要一帆风顺，心想事成，则须心怀大爱，何为大爱？亦即天下，只有人人有饭吃，自己才会好，只有天下人都好，自己才会好。"杜一牢牢谨记着和尚的话，没想到周芷康也是这么想的，他忽然有种海内存知己，天涯若比邻的感觉，人生得一知己已足矣，他深感安慰。

以前只觉得周芷康就像一头上足了电的猛虎一样，只知道往前冲，要赢，做人做事有始有终，韧性十足，从来不知道她坚强的外表下除了温柔善良，还有一颗大爱的心，不由得对她又多了几分喜爱。

最后他们来到金巴兰海滩。这是整个巴厘岛最令人感到亲切的一片海滩。

原来这里还是一个小小的渔村，居住着岛上最为纯朴的村民。

自从漂亮的饭店盖起来之后，一下子吸引了大批喜欢自然的游客，金巴兰海滩以海上日落著称。

看着海上的日落，周芷康出了神，杜一问："在想什么？"

"想起很多年前在汕头南澳，也是有那么一片海，一轮日落，我们几个小伙伴坐在海边的饭店里吃饭，看到日落，大家都忘记了吃饭，都跑到海边举起相机拍照，那时候还没有智能手机，要么就是数码相机，或胶片的傻瓜机，谁会想到有一天，我不光走出了广东，还走向世界了。"

杜一知道她感慨了，于是他说："地球是圆的，有一天，我们也会回到广东汕头的小渔村。"

"杜一，你说做人到底是为了什么？"

"这个问题你之前不是问过了吗？"

"我想知道这次你的回答是不是跟之前的一样。"

杜一很认真地想了想，道："做人嘛，就是为了好好吃饭，安稳睡觉，三餐一宿，爱人在身边，用心培育孩子，再用有限的能力去为社会效力，做人就是这么简单，总的来说就是几个关键词：自由、快乐、健康。"

"我明白了。"

难能可贵的是，巴厘岛这些商业行为并没有泯灭小渔村的原本风貌，村民们反而用他们特有的热情和朴实令整个海滩更具亲和力。

海滨内增添了许多宾馆、饭店，就像广东汕头的南澳一样。

在这里傍晚看着落日，听着歌手们演唱各国歌谣，享用烛光晚餐、海鲜烧烤，别有一番情趣。

周芷康忍不住发誓道："以后退休了，一年至少来这里一次。"

杜一宠溺地看着她，一口答应："好。"

"会不会太奢侈？"

"只要你喜欢的都不算奢侈。"

周芷康笑了："被宠爱的感觉真的很好。"

无忧无虑玩了一个星期，一周后他们转到法国扫货，完了就准备回国，他们去法国之前确实是这么想的。

小雨电话准时到，她问："到哪了？"

周芷康回答："法国。"

"我给你的清单千万别忘了。"

"忘不了，我哪怕把自己丢在国外也不可能把你的东西忘了带回去。"

小雨又问："怎样？提前度蜜月的感觉还好吗？"

"我倒没想那么多，两个人在一起最主要是开心啊，蜜月是蜜月，哪能混在一起谈呢？"

小雨忍不住替自己申辩："我以为你这么务实的人，就干脆当是度蜜月了,你也知道,都市人生活紧张,你说你不上班这几天落下了多少工作?"

"就当给自己喘口气吧,这些年我除了工作就没别的什么其他的,你还不让我给自己放个长假啊?"

小雨说:"我倒没意见,就不知道丁丁那边对你有没有意见了。"

周芷康说:"稿子我会准时交,每天我都回复公司的邮件,也会主动跟他们报备行程与工作,反倒他们觉得不好意思,认为我不应该分心,毕竟我跟杜一在一起的机会并不多。"

"做人最重要的是开心,相处过才知道能不能一起生活,杜一没什么坏习惯吧?"

周芷康想了想,以示有认真考虑她这个问题,随后说:"出门会照顾我的感受,回到酒店也会事事礼让我,大到出门去哪个景点玩,小到晚餐吃什么都尊重我,会帮我拿行李,酒店入住也是他在安排,其实我就是个小跟班,乖乖跟在他身后就对了,其他的根本不需要我去想。"

"这么看来真的可以托付终身了。"

"我听以前的同事旅行回来说,男伴出门从不替她拎包,哪怕下着雨她也要一个人拖着旅行箱飞奔,男伴还嫌弃她走路慢赶不上最后一趟地铁,回来后心情跌到谷底,立马决定分手。"

小雨也叹了一口气:"这样的男人还留着过年吗?"

周芷康反而比较宽容,她说:"想想,如果是一个人去旅行,什么事都自己打点,也没觉得狼狈,多了一个人就不行了,对方做得稍为有点不好就怪到对方头上了,就好像一个人穷可以，但两个人穷就不行了，会忍不住把责任怪到对方头上。"

"道理都懂，可多了一个人不就是希望对方分担一点吗？如果是一个人，可能她就不会选择去那么远的地方旅行了。"

"也是。"

"祝你玩得开心。"

"你也是，工作顺利，幸福快乐。"

小雨又叹了一口气："实不相瞒，我已经有意往编剧方面发展了，前些年积累了一些资源，准备大干一场的，没想到杜一说变动就变动，高层一动，咱们都不敢动。"

周芷康明白她说的意思，如果杜一还在这个圈子，至少他说的话还有分量，哪怕是排稿，小雨的也会排在前面，不像现在，人都走了，人家虽然不敢把他立刻踩下去，但也不会太把他当一回事了。

这也是杜一比较难受的地方，这十几年身居要职，一下子被刷下来了，换了谁都很难咽下这口气，虽然杜一早有预感，但预感是一回事，真的离开又是一回事。

她只好说："靠谁都不如靠自己，咱们这些在职场摸打爬滚多年的应该早就看透了，哪怕有一天咱们也在高位，也总有一天会下来的，长江后浪推前浪这话不好说，不过说句实在话，有本事的人到哪都不怕没饭吃。"

小雨当然明白这些道理，她说："是金子都会发光，只是有时会突然感觉累了，想归来隐退。"

周芷康深有同感："可不是，有时连辞职信都打好了，第二天醒来收拾好自己重新出发，就像战士上战场一样，不说苦与累，只知道这是使命，有时又会想，不去上班能干吗？在家闲着？不，我宁愿上班，有开不完的会，加不完的班。"

小雨附和："是啊，有时不是为了能赚多少钱，也不是单纯地为了打发时间，完全是因为把工作做出来后的成就感，看着自己一手操作的书从初稿到印刷到上市，那种成就感简直没法用言语表达出来。"

周芷康叹息："只有经历过的人才有同感，所以，你说退休？我想做到老算了。"

"你是完全可以做到老，大不了不做编辑，不做编剧，做一名作者也挺好的，在家写写，用网络传稿子，不像90年代的作家，还要寄书稿到出版社，我们这一代人真的幸福很多了。"

周芷康笑了："所以还有什么不满足呢？"

"回来我们再聚，不醉不归。"

"一言为定。"

第二天，杜一接到一个电话说出去见个朋友，三个小时后回到酒店兴奋地说："有个朋友投资，让我从头再来，不过对方开出了唯一的条件，就是我必须留在这里。"

周芷康一直明白一个道理，就是计划赶不上变化。

看着杜一兴奋的表情，像是重拾旧时光一样整个人容光焕发，她一时之间不知道怎么回答，只好愣在原地不动。

良久，她说："替你高兴。"

"我希望你能留下来陪我。"

周芷康想了想，道："对不起，恐怕不行。"她不想过多地解释为什么不行，她一直认为感情的事不必勉强，更何况在旅游之前她就想得很清楚，如果水到渠成，回北京或上海结婚是可以的，可是现在计划有变，让她做海外新娘，她还没有这个心理准备，所以她只能抱歉了。

杜一喉结动了动，嘴巴张大又合上，最终没说一句话。

周芷康明白，他可能想说：为什么不能留下来？你留下来我们可以做一对神仙眷侣。

可是她不能。

因为杜一似乎是东山再起，可对方是否靠谱，接下来会不会比之前更动荡？没有人知道，恐怕连杜一自己都不知道。

所以，她唯一可以做的是保住自己的稳定，以避免杜一再次动荡的时候可以有个港湾给他，或许这是多余的，可却是她内心最真实的想法。

小雨知道这个消息后吃惊得不行，她在电话问："这么说杜一要留在法国？"

"可不是。"

"其实你已经是自由职业者，去哪里不一样是工作嘛，再说，写书那一块你都熟能生巧了，抱着电脑在哪写不是写。"小雨劝她留下来，因为她知道再深的感情都敌不过时间与异地，他们好不容易走到今天这一步，如果再因为某些原因而要分开，那就真的太可惜了。

可是周芷康很决绝，她说："我觉得时间与异地都不是问题，问题是如果我留下来依附着他，我怕时间久了，摩擦大了更容易分开，谁知道以后会遇到什么生活或工作上的问题呢？距离反而让人更明白自己要的是什么。"

小雨知道再劝也没用，她只好说："我知道你会坚定不移，可是他呢？"

"我愿意等他回来。"

"不是等不等他回来，那是你的事。如今的问题是他有可能耐不住寂寞，有可能遇到可以在身边照顾他的女人，你就这样把他放走，他就自由了，我始终认为两个人不在一起，变量会很大，你要有这样的心理准备。"

周芷康一愣，这种情况倒是她没想过的，她一直以为两情相悦时又岂在朝朝暮暮，这么看来她错了？

小雨知道她是聪明人，也容易把事情看透，她继续劝："不如留下来，真的，杜一是一个值得托附终生的男人。"

"可我的事业……我不想放弃，跟他没关系，是我过不了自己那关，如果事业先抛弃我，我无话可说，你懂吗？小雨。"周芷康有点哽咽地说出这些话，听在小雨耳里就像当年她一个人背着一个包到北京找她一样，小雨当然明白，这么多年风风雨雨都过去了，好不容易有点成绩，怎么甘心说放弃就放弃？小雨叹了一口气，默默挂断了电话。

是的，杜一不一样，他已经从集团离职，等于是可以在随便一个地方东山再起，可周芷康不行，她还在扎根，她渴望稳定，她不要重新来到一个人生地不熟的地方，再从头开始。

她记得以前看过一本书，是亦舒的《绝对是个梦》，程真为了挽回与丈夫的感情不惜与丈夫移民，到国外另起炉灶，可是感情的事哪能说挽回就挽回，冰封三尺非一日之寒，最终因为种种，程真与丈夫离婚。

反之也是，如果因为感情的事而放弃自己的事业，若干年后生活不如意的时候肯定会后悔的。

周芷康不想到了那个时候自己后悔，她不肯放弃这么多年打下的江山，想给自己留一条后路。

常常有人说：一个女人读那么多书干什么？其实读书就是可以在紧要关头保持头脑清醒，选择一条更有利自己的道路，而不是一味地感情用事，替对方考虑得更多，读书可以明白更多道理，很多故事的例子都可以往自己身上套。

比如《绝对是个梦》里面的程真，不是那么决绝地抛下所有一切跟丈夫移民国外，她可能早在自己的地盘混得风生水起，游刃有余，用得着再找感情做寄托，活下去？

很多人在选择的时候不知道是对还是错，更多人会努力把错的选择变成对的选择，如果选择本身是对的，会少花很多力气，也就更得心应手。

二十九 祝你前程似锦

既然决定了一个留下来，一个要回去，那就再也没有旅行的心情，出门把小雨要购买的东西买了，周芷康订了第二天的机票回国。

一夜无话，第二天杜一送她去机场，他叮嘱："好好保重身体，准时吃饭，房子你替我看着，我一有空就回去看你。"

周芷康轻轻抱着他，脸靠着他的胸膛，耳朵听着他有力的心跳声，鼻子闻着属于他独有的柠檬清新气味，他的下巴顶着她的脑袋，听见她说："工作要紧。"

"到了那边记得给我打电话。"

"我会的。"

"芷康，不是所有男人都像我一样的。"杜一不放心地说，他要让她知道，有些男人可能会对她是有所企图的，他这么说，是想暗暗提醒她不要因为寂寞或别的原因对别人投怀送抱。

周芷康抬头对着他笑了笑，温柔地道："我明白。"

或许这辈子都不会再遇到穿白衬衣比他更好看的人了，更不会遇到比他更懂自己的人，她一直没忘记自己最落魄的时候，是他救了她一命，是他经常问她钱够不够花，经常暗暗把现金塞到她的钱包里，而遗憾的是她居然没有对他以身相许，武侠小说里的以身相许是天涯海角，不离不弃，一生一世。

她做不到。

她听见自己握在手里的矿泉水瓶子"啪"地响了一声，跟多年前自己刚到北京时一样彷徨不安。

送君千里终需一别，广播已经在通知周芷康女士登机，再不走就来不及了，她轻轻松开自己抱着杜一的手臂，然后说了一句："再见。"狠心往登机处走去。

她知道杜——一直在看着她的背影,所以她不敢回头,留给他一个决绝的背影,这样更有利于他安心在这里工作吧。

一上飞机就忍不住泪如堤决,一发不可收拾。

空姐见惯了离别而伤心流泪的人,她贴心地递上一杯温水与一包纸巾,一句多余的废话都没有。

来的时候两个人有说有笑,互相依赖取暖,回去的时候剩她一个孤身只影,哭累了靠着椅子便睡,醒来后她一时不知道身在何方,看着窗外漆黑一片,她明白,有些人有些事再也回不去了。

小雨来接机,她开着那辆破旧红色二手车在大雨中奔驰,透过后视镜看见周芷康斜靠在后座似睡非睡,小雨知道她心事多,便没有去打扰。

开车把周芷康送回去,帮她拿行李上楼的时候小雨说:"我方便留下来吗?"

周芷康并不看她,有气无力道:"你自便。"其实她想说:我想一个人静静,可是既然她都已经这么问了,肯定就是担心自己,她不想让小雨过分担心自己。

"我有带换洗的衣服,可以住几天。"

"你要买的东西已经买了,我想休息几天再去上班。"周芷康不想在住宿问题上兜圈,直接把话题切入主题。

"没事,公司那边没有人知道你回来了。"

"谢谢你,小雨。"

"说这话就没意思了。"

到了家门口,周芷康输入密码,小雨在后面把行李拉进去,然后到厨房搜索,冰箱空荡荡的,只有几瓶矿泉水,她把矿泉水拿出来,然后问:"饿了吗?订外卖?"

"我在飞机上吃了飞机餐。"言下之意就是我不饿。

"那你先歇会,我去烧点水来喝。"

"不用折腾了,这些事可以明天再弄。"

"那我放水给你洗澡。"小雨像个用人一样只想伺候她,让她舒服一点。

周芷康也明白她的好意,只好点点头:"那就麻烦你了。"

"有时天还没塌下来,都是庸人自扰,凡事往好处想,这是平日里你教导我的,怎么到了自己那里就没效了呢?"

周芷康叹了一口气,道:"听过医者不能自医吧?我也是人,也有七情六欲,我甚至不知道这个选择是对还是错。"

小雨道:"交给时间来证明吧。"

周芷康很认真地问:"你有做过让自己后悔的事情吗?"

小雨也很认真地想了想,然后说:"有,那时候刚来北京穷,眼看着又到了交房租的日子,我身上没钱了,只剩下一条金链子,犹豫再三,我把链子拿去当了,拿到钱后去交了房租,后来的一个星期里我都在想那条链子,其实我跟朋友借钱也是可以的,可是就是拉不下面子,总之,直到现在我都很怀念那条金链子,那是我唯一一次收到的礼物,还是自己送给自己的,我后悔到打电话问当铺那边,我现在有钱了,可以把金链子还我吗?当铺那边跟我说早就把链子拿回去工厂熔掉了。你看,后悔就是隔三岔五地去想已经弄丢了的东西或人吧,总之这滋味并不好过,哪怕这世上还有一条一模一样的金链子,我也知道这条不是我自己那条,你说气不气人?"

周芷康别过脸不再吭声,她不想告诉小雨自己一整天都在想着杜一,她甚至一上飞机就后悔了,她很想下飞机跑回杜一身边告诉他，她要留下来。

又或者如果杜一再一次求她留下来，她可能就答应了。

可是大家都没有，大家都以为对方是成年人，每一个决定都是深思熟虑的，所以都假装十分理智地克制自己内心深处的欲望，其实并不是这样，成年人的崩溃可能就是明知道这么做自己会后悔，可又不得不这么做。

人生大概就是这么矛盾吧，既然做出了选择，就不允许自己后悔了，周芷康洗完澡回房间，屋里还残留着杜一的气味，人与人之间之所以有缘分这么一说，大概就是，欢聚有时，离别有时，就好像天上的月亮一样，有月圆便会有月缺，统统都属于正常现象。

她倒在床上，不一会儿便进入了梦乡，梦中她穿着洁白的婚纱缓缓走向杜一，她听见有人问她是否愿意成为杜一的妻子，日后无论是贫穷还是富贵，是疾病还是健康都生死相随，她听见自己说：我愿意。

醒来后发现自己一个人躺在漆黑的房间里，不禁一阵惆怅，拿起手机一看，才凌晨三点半，距离天亮还有一段时间，可是她已经睡不着了，爬起来翻看手机相簿，原来自己手机里除了一些资料图片之外，仅有的几张公司活动照片，以及偷拍的杜一，居然没有她跟杜一合影的照片。

她不禁怀疑自己，到底是真的跟杜一谈过恋爱，还是自己臆想出来的一场梦？环顾四周，这间房子从装修风格到小区环境，无不彰显出主人的风格与品味，要在北京这个地段租上这么一间房子，少则七八千，多则一万，所以，杜一一向是有先见之明的，他早就有打算，从不肯将就，不过还是那句：计划赶不上变化。

他选择了留在法国继续他的事业，她选择回北京努力弄好她的一亩三分地。

她开始在想，去旅游的时候，他是不是早就已经把工作计划放在旅游里面，成为旅游的一部分？

也许吧，像他这样从不肯浪费一分钟的人，怎么舍得错过任何有利自己的机会？

不知什么时候又昏昏沉沉地睡去，直到被电话铃声叫醒，她摸索着电话，没看清来电，本能地接听，声音沙哑地道："喂？"

"我记得叫你到了之后给我来电。"

"昨晚已到了，一时忘记你那边是白天还是黑夜，所以没给你打过去。"她解释道。

"你到了就好，我担心得睡不着。"

周芷康清了清喉咙，调节着气氛道："航班直飞，到香港转机已经是深夜，还好有小雨接机，不至于流落机场无处可去。"

没想到听在杜一耳里不是滋味，他低声说："对不起。"

周芷康一愣，道："跟你没关系，是我没做到女朋友的职责，换了是别人，可能早就跟你远走高飞了。"

"所以你是周芷康啊，你有独立思想，有个性，肯吃苦，又时刻惦记着别人的感受，清楚明白自己想要的是什么。"

"原来我有这么多优点啊？"

"要不然我喜欢你什么？"

"杜一，谢谢你。"

"好好休息，说好的每天至少通一次电话，你不许反悔啊。"杜一提醒她。

"越洋电话好贵。"周芷康故意这么说的。

"可以视频啊,见到你我会更安心。"

"时间会不会对不上?"

"周芷康,你是不是想躲着我?"杜一见她借口那么多,不禁起了疑心,他问。

周芷康顿时全都清醒了,她答道:"哪敢。"

"如果你觉得累,就休息吧,记住,我会等你。"

"谢谢你,杜一。"

"不要再说这些见外的话,记住,你要好好的。"

周芷康握着电话的手忍不住紧了紧,她点头:"记住了。"

挂了电话之后她才长长地舒了一口气,看,她并没有被遗忘,一切不好的东西似乎都是她自己想出来的,穿上拖鞋走到窗边拉开窗帘一看,外面阳光普照,新的一天又来了,她走出去,桌子上放着小雨为她做的早点,她问:"这么早你就做好这些啦?"

小雨见她起来了,边忙活边说:"刚好,正准备去叫醒你起来吃早点呢,快趁热吃,我就起早跑了个菜市场,那边什么现成的都有,你看油条白粥多新鲜。"

"没想到你连这边的菜市场都知道。"

"生活经验告诉我,到一个新的地方就要找安全出口,可是没有人会告诉你,到一个地方要找好吃的,人吃五谷杂粮,总不能饿着肚子吧?"

周芷康不禁感叹:"活了这大半辈子,我连这点儿生活经验都总结不出来,还好有你,小雨。"

小雨把盛着粥的碗放在她面前:"还记得你刚来北京那会

儿吗？还不是我给你找的短租房，后来你同事都说'你那朋友够厉害的啊，连短租房都能找到'这还是事后你跟我说的呢，所以，天大的事都别怕，有我在。"

周芷康由衷地道："如果生活一直这么过下去，也不错。"

"本来就是，想那么多有什么用？活着本身就不容易了，还得操心有的没的，多累啊。"

周芷康听她这么一说，似乎又满血复活了，她说："为了日后更美好的生活，来干了这碗白粥，来世我们还做好朋友。"

小雨举起碗轻轻碰了一下她举在半空的碗，然后说："来世换你来伺候我。"

周芷康知道欠她太多，连忙附和："一定一定，来世你吃肉我喝汤，你睡床我睡地板。"

小雨鄙视地道："你这也太夸张了，搞得我好像欺负你一样。"

"没有没有，是我欺负你。"

小雨："周芷康！"

周芷康连忙站起来："到，请问有什么吩咐？"

看着她夸张的表演，引得小雨忍不住哈哈大笑起来。

三十　谢谢你曾经爱过我

很快，大家都知道了杜一留在法国发展事业的事，更有传闻说杜一把与周芷康同居的爱巢转赠给周芷康，也不知道是哪里传出这么不实的信息，周芷康听后觉得好笑。

小雨首先沉不住气，她约周芷康出来见面，第一句就说："传闻是不是真的？"

"你说把住宅转赠给我的消息？"

"可不是，都有人说你被抛弃了，住宅转赠只是分手费。"

周芷康表示很淡定，她说："嘴长在别人身上，他们要怎么说我管不着。"

小雨气恼，她说："我就想知道事情真相。"

周芷康才明白小雨跑这一趟的意思，她哈哈一笑，说："当然是假的，如果是真的，我保证你是第一个知情人。"

小雨不甘心，又问："你跟杜一就这样分隔两地？"

"总不能让他或让我放弃事业吧。"

"可是错过了婚期，再结婚就更难了。"

周芷康疑惑，问道："你今天怎么了？不像是平日里潇潇洒洒的你啊。"

"我同事就是个例子，该结婚的时候拖拖拉拉的，嫌这不好，嫌那不到位，最后把自己拖成老姑娘了，现在七大姑八大姨都急了，张罗着给她介绍对象，结果人家一听她快四十了，第一句就问：你还能生孩子吗？你说气不气人？姑娘老了就掉价，我看要不你找杜一翻云覆雨一番，怀了孕再回来养胎？"

"那是那姑娘被带节奏了，她可以在相亲之前就表明自己的态度啊，找丁克的，大家都不要孩子不就省事多了？哪能降低标准，或被人挑刺啊。"

"说是这么多,可放眼过去,有几个能接受自己的老婆不能生的?有些是表面答应得好好的,私底下在外面另起炉灶,只要没被发现,小三与小三生的孩子都过得很好。"

"这跟孩子不孩子是两回事,只要男人的劣根性不变,给他多少个孩子他都会在外面偷吃,找小三,所以这事你就别操心了,杜一是不是这样的人我不敢担保,但我知道,他如果有什么计划或打算,会第一时间通知我的。"

小雨还是表现出担忧的样子:"这会不会太被动了?"

周芷康道:"越是这个时候,我越不能主动,我一主动就代表我心不安,一个人在心不安的情况之下为了自保也好,为了面子也好,都很容易做错决定的。"

"但愿你是正确的。"

周芷康点点头:"信我吧,杜一为了再次扬名四海,他不可能让自己陷入情感纠纷的地步,他也没时间去搞这些不三不四的事,总之,男人把事业摆在第一位的时候,任何女人都只能放在第二位。"

"你对自己那么有信心?"

"我是对他有信心,如果他真是那种不甘寂寞,花花公子,那么他早就有很多绯闻女友,为什么他没有?是狗仔不够敏锐吗?还是他行事比较谨慎?我觉得他根本就是在这方面没任何心思,所以没有女人在他身边兜转。"

小雨又把话题扯到周芷康身上,她问:"那么你呢?表面上的空窗期,又被赠送大豪宅的情况下,有没有人对你虎视眈眈?"

周芷康知道瞒不住她,只好如实汇报,她说:"有是有,不过都是一些目的性太强的男人,下班约我晚饭,周末约我爬山，借节日的名义送我名贵珠宝，可惜啊，我再也不是十七八岁的小女孩，一顿饭就可以拐跑，爬山我又嫌累，珠宝我又不感兴趣，你说我这人是不是特别难伺候？"

"目的性太强反而招人讨厌啊，说得好像谁没吃过饭一样，你说这些男人都是哪里来的自信，我听单位里的小姑娘说，有些男人一上来就发照片，晒肌肉，晒各种，他们也太不了解女人了吧。"

"所以现在越来越多的男人找不到合适的伴侣，他们纯属于那种攻山头的状态，以为征服一个女人可以靠金钱，要么有钱去砸，恰恰忘了女人需要的情感或真正可以令她心跳的感觉，我常常在想，如果我喜欢一个人，他只要对我勾勾手指，我就跟他跑了，哪来那么费劲。"

小雨笑了，她说："那是你已经有了杜一，如果真的寂寞，会不会饥不择食？"

"我没试过，所以我没有发言权。"

"人观色相，我觉得外貌与行为举止最能让人心动，至于是不是真心，完全可以从对方的眼神看出来，如果目光空洞，说着言不由衷的话，那早早远离就对了，真的一点时间都不能浪费在这种人身上。"

周芷康点点头，道："分析得很有道理，特别是那种擅于神游一族的，明明就坐在他对面，他硬是让自己的魂魄游在外太空，你怎么喊都喊不回来那种，还是算了吧。"顿了顿，她又问："这就是你单身多年的原因吗？"

小雨顿时有种遇到知己的感觉，她说："放眼方圆十里，能入眼的都已有主，剩下的不值一提，所以你说我能怎么办？我也很无奈啊，况且我发现年纪越大，越难对别人动心，总是在不自觉地观察对方，考验对方，结果一场考验下来，通通不及格，不是对我个人有企图，是对我背后的人脉关系感兴趣，又或者想借我在北京少奋斗十年，你说气不气人？"

"我始终认为多一样东西就会烦恼多一点，比如汽车，没有的时候可以坐地铁、公交代步，一样活得好好的，有了之后又是保养，又是年检，又是保险，又各种停车费，杂七杂八算下来都可以再买一辆汽车了，当然，人可能不一样，有能力的伴侣总是会把我们照顾得很好，让我们少操心，但万一摊上一个给我们添麻烦的，还脾气大，不听人劝，各种帮倒忙的人，还不如没有。"

小雨叹了一口气："所以你知道我为什么单身到现在了，不是我性取向有问题，也不是我要求高，是真的有些男人连最基本的要求都没达到，所以一直拖到现在。"

"其实想想没男人也挺好的，我现在开始享受单身生活的自由了，不用等着杜一工作完再回房间睡觉，不用失眠的时候偶尔会听到他因为累极而发出的呼噜声，不用因为懒而多日没搞卫生而担心他在不在意，我想怎样就怎样，心情不好的时候颓废地窝在沙发上不说话，出不出门，去哪里不用跟谁汇报，偶尔寂寞可以用睡觉、看书、看电视剧来打发时间，做一切自己喜欢做的事情，我觉得挺好的。"

小雨又问："那么，杜一有没有什么态度？"

"他依然一天一个电话，我依然可以做到不问他结果，不问他什么时候回来，我们暂时保持着一段不远不近的距离。"

"你有主动打电话给他吗？"

"偶尔，不多，寂寞的时候吧，我会莫名其妙地想听听他的声音，我想，这就叫作思念吧。"

小雨惋惜地道:"一旦成为习惯,可能再也回不去了。"

"未必,三五年后他衣锦还乡,或许站在他身边的人依然是我呢?"

小雨看着她,诚恳地说:"你真乐观,换了是我,我都做不到,不过你现在已经是国内知名作家,翅膀硬了,凭自己也可以幸福到老,所以再坏的结果你也不会觉得坏了。"

周芷康由衷地道:"小雨,跟你聊天真的很高兴,你就像我肚子里的虫一样,很多话我都还没说出来,你都已经替我说了,有时我会想,再坏的结果就是杜一不要我了,我得独立出去,我首先要找一个房子,那房子必须干净安全,适合我孤独终老。"

"如果到了那种地步,你必须得跟杜一说一句话,你会说什么?"

"谢谢你曾经爱过我。"